# 江花集

JIANG HUA JI

时代出版传媒股份有限公司
安徽文艺出版社

摄于 2018 年 10 月 28 日

作者介绍：

　　谢业勤，安徽省铜陵市胥坝中学教师，已退休。中华诗词学会会员，铜陵市诗词学会顾问，《五松山诗词》主编。

# 江花集

谢业勤 ◎ 著

JIANG HUA JI

时代出版传媒股份有限公司
安徽文艺出版社

## 图书在版编目（ＣＩＰ）数据

江花集 / 谢业勤著. -- 合肥 : 安徽文艺出版社, 2025. 5. -- ISBN 978-7-5396-8328-7

Ⅰ. I227

中国国家版本馆CIP数据核字第2025LU1675号

出 版 人：姚　巍
责任编辑：王婧婧　　　　　　　装帧设计：徐　睿

出版发行：安徽文艺出版社　　www.awpub.com
地　　址：合肥市翡翠路1118号　邮政编码：230071
营 销 部：(0551)63533889
印　　制：安徽新华印刷股份有限公司 (0551)65859551

开本：710×1010　1/16　印张：25　字数：330千字
版次：2025年5月第1版
印次：2025年5月第1次印刷
定价：78.00元

（如发现印装质量问题，影响阅读，请与出版社联系调换）

版权所有，侵权必究

# 自序

谢业勤

年少时,我读《唐诗三百首》和《毛泽东诗词》,觉得朗朗上口,颇感兴趣。物以所好者至。或借,或买,我陆陆续续地又读了一些诗词选集和诗人专集,以及几本讲诗词格律和诗词理论的著作,才逐渐对诗词艺术有所理解。在寂静的乡村之夜,在光线微弱的油灯下,我读着读着,往往被那和谐的音律、精炼的语句、生动的形象、丰富的情感所吸引,被那或冲淡平和,或浓郁醇厚的韵味所陶醉,更被那慷慨激昂、雄浑豪放的气概所震撼。于是,我一边读,一边尝试着写。我大半辈子住在农村,从来没有脱离生产劳动,即使后来当上了乡村教师,工作之余,也下地做农活。农闲时,我就多动动笔;农忙时,我就顾不上写作了。退休后,随子女迁居县城,自然就清闲一些,又加入了本地的几个诗词学会,动笔的机会也多起来了。几十年过去了,孩子们帮我整理诗词稿,盘点一下,迄今为止,也不过写了近两千首诗词,数量不多,质量也不高,说出来真觉得汗颜。

生活是文学创作的源泉,诗词当然也不例外。在劳动中,在工作中,在人际交往中,在日常生活中,往往受到某种事物的触动、某种气氛的感染,才产生写作的想法。一般说来,我写的东西大多是情动于衷,有感而发。

父母的养育之恩,天高地厚,没齿难忘,寸草难报三春晖。阿姊阿妹,手足情深,时常来往,相互牵挂。夫妻之间,相濡以沫,同甘共苦,共创家业。子孙后代,延续血脉,爱怜有加,希望所在。所以,我抒写亲情。

故乡胥坝,四面环江。我的老家就在一个名叫姚家套的村庄。我生于斯,长于斯,在那里度过了六十多个春秋。看惯了航船来去,鸥鹭飞翔;看惯了锦鳞游泳,江豚戏浪;看惯了余霞成绮,澄江如练;看惯了江花江草,蒹葭垂杨。田野里,春日则麦浪翻腾,菜花芬芳;秋天则棉花吐絮,大豆金黄。春种,夏耘,秋获,冬藏。几多汗水,洒落田间。还有那些可爱的乡亲,更是令人难忘。所以,我抒写乡情。

忆昔日,耕田耕地,午秋两季,抢收抢种,趁天晴,抓农时,乡邻互助。下雨下雪,闲暇日子,呼朋唤友,备鸡黍,话桑麻,共酌一壶。看今朝,江洲诗社,五松吟坛,胜友如云,酬唱往还。所以,我抒写友情。

仰慕忠臣良将,英雄豪杰,御强虏,作干城,安社稷,兴大业,造福人民,彪炳史册。国家兴亡,匹夫有责。位卑未敢忘忧国,肝胆长存一寸丹。所以,我抒发爱国之情。

日月星辰,山川河流,芳草绿树,花鸟鱼虫,招我以烟景,假我以文章,娱我之情性。所以,我抒写对大自然的热爱之情。

惭愧生性驽钝,缺乏才情,所作俚歌,充其量如同鹊水中的一朵朵小小的浪花,江岸边一枝枝并不起眼的草花,故将自己的诗词稿取名为《江花集》。

二〇二四年八月二十二日

# 目　录

自序 / 001

**诗·五言绝句**

金银花 / 001
老妪赐茶 / 001
夏夜乘凉 / 001
江村之夜 / 001
江干小坐 / 002
知了 / 002
山下闲望 / 002
春景 / 002
春访泉塘冲 / 002
见人折桂花枝感赋 / 003
芦花 / 003
问梅 / 003
江岸春色 / 003
渔人 / 003
栀子花 / 004
晨赴胥坝街道，并于"春风饭店"
　设午宴招待诸诗友（二首）/ 004

钓叟 / 004
江干旧事（四首）/ 005
望雁字有感 / 005
蜡梅 / 006
醉卧 / 006
渡口即景 / 006
江边口占 / 006
午休 / 006
故乡行 / 007
遥思故园芍药 / 007
凤凰落脚石 / 007
鲁迅峰 / 007
风雨马仁山 / 008
野蔷薇 / 008
西递、宏村纪游（五首）/ 008
遥望家乡 / 009
湖边闲行 / 009
北湖公园（五首）/ 010
题贵池杏花村迷宫 / 011
寻梅 / 011

胥坝乡中秋诗词吟诵会即兴 / 011

观钓 / 011

赞铜陵吟友 / 011

小立九曲桥 / 012

湖上口占 / 012

进城之后 / 012

紫藤秋花 / 012

荷叶 / 012

雨后北湖即景 / 013

松花 / 013

睡莲 / 013

夜宿豪邦康城 / 013

树下杜鹃迟开有咏 / 013

村居（二首）/ 014

赠某人（二首）/ 014

偶见小鸟落在荷叶上 / 015

凫渚寻幽 / 015

回乡即兴 / 015

百合 / 015

湖上春早 / 015

天井湖春色 / 016

阿科植兰（二首）/ 016

摄影纪趣 / 016

龙潭垂钓 / 017

野老 / 017

旧居梅花 / 017

梅 / 017

晨兴 / 017

怀念亡妻 / 018

顺安怀古 / 018

赠孙泓女士 / 018

忆贤妻朱大代（十首）/ 018

往事漫忆（十二首）/ 020

石台行（二首）/ 022

答诗友 / 022

湖畔行 / 022

观鱼 / 023

问荷 / 023

湖上 / 023

即事 / 023

回顾当年在钟鸣镇曾与徐崇平老师赴各校听课事 / 023

雨中吟 / 024

鸟鸣 / 024

雨后山色 / 024

旧居怀内子（二首）/ 024

路过秋浦河 / 025

途经贵池致诗友 / 025

黄崖谷（三首）/ 025

慈云古洞石钟乳 / 026

秀水河边 / 026

童趣 / 026

与友人一起观云 / 026

人生 / 026

过生日 / 027

北湖边 / 027

早茶 / 027

腊八粥 / 027

冬雨 / 027

过年 / 028

插花 / 028

除夕 / 028

来信 / 028

赠王德余先生 / 028

诗友小聚 / 029

赠叶靖华先生 / 029

一年蓬 / 029

桑下吟 / 029

暴雨 / 029

雨霁 / 030

五松山 / 030

洗澡花 / 030

蜗牛 / 030

何以解忧 / 030

湖边吟 / 031

湖畔即景 / 031

初秋游江滨（三首） / 031

赠王科 / 032

草花 / 032

新插茉莉竟开花 / 032

牡丹园摘丝瓜 / 032

题军训照 / 032

听鹁鸪鸣 / 033

金桂迟开 / 033

金秋诗会口占 / 033

泾县秋色 / 033

吊兰 / 033

旧居桂子 / 034

梦醒作 / 034

自叹 / 034

有感 / 034

探梅 / 034

赏茶花 / 035

牡丹园捣糍粑 / 035

感怀 / 035

观金鱼 / 035

广场石 / 035

湖上吟 / 036

牡丹园口占（二首） / 036

洪光明先生招饮，即席口占 / 036

秋老虎 / 037

在铜籼农庄做客 / 037

紫沙洲上水蜡烛 / 037

风雨夕 / 037

仇笑平先生招饮（二首） / 038

江边即兴 / 038

途中 / 038

往事 / 039

观捕鱼 / 039

山茶 / 039

万丰村老姐家 / 039

乡野老人 / 039

偶见／040

湖畔／040

代赋同学相逢（二首）／040

即景／041

福人／041

池上吟／041

观云／041

新栽千日红喜着花／041

即席／042

秋／042

笠帽山祭扫烈士墓／042

鸥／042

四位佳人览秋光／042

赠林茜老师／043

赠林国丽女士／043

赠企业家吴红女士／043

赠伍成义先生／043

菜农／043

赠诗友肖习能／044

风雪中／044

梅花／044

书法家下乡写春联／044

陪同徐金喜等同志拜访王德余老
　先生／044

插花吟／045

又养吊兰／045

长寿花／045

访乡野文化棚／045

诗会即兴／045

泊舟／046

小女植兰／046

黄昏／046

雨中行／046

冬瓜山铜矿汤菁女士陪同采风／
　046

宴罢晚归／047

题孙泓女士画作《虾》／047

祝贺王秋生同志加入中华诗词学会
　／047

旧居前（二首）／047

鹊江边（二首）／048

小水鸡／048

题画（三首）／049

赠肖莹／049

肖莹宴请，席上作／049

雷雨／050

小鸟／050

**诗·七言绝句**

归航／051

江畔春晓／051

艄公／051

江上怀古／051

晨兴／052

赴文兴洲／052

慈母陪我扳罾／052

观车水／052
老父种菜／052
植桃／053
江畔纳凉／053
闻江南有省城下放医生，为治父病而寻之／053
防汛／053
叶山泉水歌（二首）／053
元宵醉归／054
折荷／054
阿舒／054
戏赠某君／054
答秦新昌／055
应邀赴有文兄家做客／055
庚午年元日（四首）／055
赠族兄菱湖子（三首）／056
渡江遇风雨／056
风雨晚归／057
秋夕／057
蓼花／057
感兴／057
见垂榆有感／057
放风筝／058
游观湖、临湖广场（三首）／058
邓老、德余先生见访，为出版《涛声集》向余约稿／058
野菊／059
喜见农家住宅楼／059

咏江村蜡梅（五首）／059
山居人家／060
闻鹧鸪鸣有感／060
蹊边桃花／060
新辟小园／061
鹊江垂钓／061
浣衣女／061
途中闻鹁鸪／061
芍药／061
插秧歌／062
白荷／062
棉区组歌（五首）／062
重访泉塘／063
铜陵市诗词学会第五届会员代表大会即兴／063
风雪途中／063
杨柳／064
做客夜归／064
雨中小园／064
执教三十年感赋／064
江干口占／064
咏菊（二首）／065
江畔行吟／065
携孙闲游／065
停航之舟／065
不寐听潮／066
赠吟兄王德余（三首）／066
陌上怀旧／066

赠邓老秀山先生（四首）/ 067

柳絮（二首）/ 067

天井湖即兴 / 068

夏收即事 / 068

赞免征农业税 / 068

秋收时节 / 068

茉莉含苞，购而莳之 / 069

拾棉时节 / 069

中秋赏月，步东坡韵 / 069

悼念族兄菱湖子 / 069

竹（二首）/ 069

蜡梅 / 070

樱桃花 / 070

陌上即景 / 070

送小孙谢祺上学途中作 / 070

江岸闲眺 / 071

迎小孙放学归 / 071

小女志远住宅即景 / 071

春游江南 / 071

赏芍药有感 / 071

江上吟（二首）/ 072

纳凉（二首）/ 072

天井湖（二首）/ 073

垂钓 / 073

北湖 / 073

城关新居宴客 / 073

小江晚景 / 074

米兰 / 074

雪落五松 / 074

北湖解冻 / 074

晚钓 / 074

野塘 / 075

与内子垦荒种菜（五首）/ 075

夏夜湖滨漫步 / 076

北湖桥（二首）/ 076

回故乡 / 076

喜看北京奥运会（四首）/ 077

秋夜漫步 / 077

新正看戏（二首）/ 078

暮春 / 078

暮春回旧居 / 078

荷塘 / 078

题天井湖畔李白塑像 / 079

题天井湖畔苏、黄塑像 / 079

己丑年六月初一日全食 / 079

故乡小住又别 / 079

次韵奉和邓老秀山先生咏柳诗（四首）/ 080

胥坝教育工会组织退休教师游黄山（四首）/ 080

莲蓬 / 081

城市拾荒者 / 081

红手印（二首）/ 082

新正漫步偶成 / 082

夜宿姚家套旧居 / 082

携外孙王科郊游 / 082

江南水乡 / 083

马仁峰上（三首）/ 083

马仁山怀古 / 083

看小孩耍滑板 / 084

苦夏 / 084

修鞋工 / 084

环卫工 / 084

王科八岁生日 / 084

篆刻师陈佑生 / 085

夜梦鹊江 / 085

姚家套（二首）/ 085

红梅 / 085

观水仙有感 / 086

怀旧 / 086

清明扫墓 / 086

紫藤架下 / 086

闻布谷啼有怀故里 / 086

春池 / 087

江南人家 / 087

题江南文化园童雕（五首）/ 087

忆姚家套与北埂畔两村庄 / 088

游贵池杏花村 / 088

夜渔 / 088

新正走亲戚 / 089

丁洲江边怀古 / 089

思念故乡 / 089

见游客拍风景照戏咏 / 089

春风 / 090

杜鹃花开 / 090

浮山一日游（十首）/ 090

景海鹏、刘旺、刘洋三名宇航员，在天宫一号舱内向祖国人民和全球华人致以节日问候 / 092

做客夜归 / 092

荷塘即景 / 092

外孙王科 / 093

中秋望月 / 093

听翁媪唱《柳堡的故事》插曲 / 093

竹林 / 093

绩溪、旌德一日游（三首）/ 093

摆地摊小贩 / 094

棕榈 / 094

铜胥公路通公交车喜赋 / 094

老牛 / 095

陈丰圩上望故里 / 095

城居老农 / 095

海棠 / 095

老农 / 095

品茶 / 096

太空授课 / 096

在何俊亮家借宿（二首）/ 096

天井湖即景 / 097

月夜独行 / 097

重访杏花村（三首）/ 097

池阳吊华岳 / 098

游览太湖县中华五千年文博园／098

顺道回故居／098

读黄修芝先生深圳新作／098

戏作／099

有感／099

依韵和沈光明先生见赠／099

小聚蓝梦湾酒家／099

春游天井湖（二首）／100

桃花／100

沿船沟渡口即景／100

仲春回故乡／100

梨花／101

牡丹／101

题画诗（二首）／101

游翠湖公园／101

老同学重逢／102

城居感怀／102

初游铜陵滨江生态公园（二首）／102

春山吟／102

闻鲁甸地震后建成板房小学感赋／103

南陵怀古（二首）／103

咏铜陵滨江生态公园诸景点（六首）／103

桃花潭怀古（二首）／104

桃花潭畔购笔赠阿科／105

题桃花潭边所摄小照／105

午后游敬亭山／105

访黄义文农庄／105

茶花／106

学友欢聚／106

清明遥祭先严先慈／106

烟雨江南／106

文竹／106

旧居小院／107

村中所见／107

江边怀旧／107

登山／107

旧居四季桂／107

故乡行／108

思乡／108

席上听歌，恰逢雷阵雨发生／108

黄山天都峰／108

阅世有感／108

麦地风光／109

故乡地头思先慈／109

游九华山古村落／109

窗前新植银杏树（二首）／109

榴花／110

石榴／110

骑车游胥坝／110

题画师高光明《采花》图／110

题画师凌三保《轻云初起》图／111

题画师盛桂香《富寿》图 / 111
题画师宾新猷《幽居》图 / 111
题花成清先生风景照 / 111
铁锚洲（三首）/ 111
次韵蒋梅岩先生端阳诗 / 112
北湖雨后 / 112
游铜陵市植物园（四首）/ 112
席上闻歌口占 / 113
诗友小聚，饮"青花韵"酒，戏作 / 113
拙荆晨游天井湖遇雨 / 114
民俗村小聚 / 114
街头即事 / 114
观李应先生为余折扇所作之画 / 114
瞻仰李白塑像 / 114
农家小院 / 115
重游石桥钟 / 115
欢迎李文朝将军莅临胥坝 / 115
次韵李文朝将军佳作《题胥坝乡》 / 115
赠花成清先生 / 115
金榔水龙村赏枫叶 / 116
皖南观山 / 116
金榔金山 / 116
赴岳西县莲云乡参观"映山红大观园"（四首）/ 116
贵州仙女潭瀑布 / 117

江滨行 / 117
坝上即景 / 117
春日游龙潭村 / 118
油菜花 / 118
咏毛桥村"乡村大舞台" / 118
长杨村采风（二首）/ 118
春雨江南 / 119
悼吾妹雪霞 / 119
金榔游（三首）/ 119
饮新茶 / 120
与诗友结伴出游 / 120
诗友小聚 / 120
孔明财产 / 120
即席口占赠孙丽华女士 / 120
即席口占奉赠方白老先生 / 121
盛夏煎药 / 121
车过老观村 / 121
偶过旧居 / 121
叶山观兰（二首）/ 121
思念汪延明、秦新昌、祝志农诸位老友 / 122
青通河怀古 / 122
咏衣冠渡口 / 122
题旭光临水亭 / 122
赞渡口船工 / 123
米兰 / 123
江滨村冬日即景 / 123
迎春花 / 123

做客于王德余先生家即席口占 / 123

群心村 / 124

小河 / 124

江南春 / 124

湖边偶成 / 124

咏莲 / 124

西联乡西湖村荷花节即景（二首）/ 125

建议东湖村重植一棵松 / 125

龙潭垂钓 / 125

水田即兴 / 125

与诗友访邓秀山老先生未遇 / 126

龙潭怀旧友 / 126

家中顶梁柱 / 126

野外筑梦（二首）/ 126

赠铜陵市广播电视台吴笛先生 / 127

赠《铜陵日报》编辑巴丽萍女士 / 127

村野行 / 127

赏荷 / 127

孝子王长福 / 128

访成德洲 / 128

游天门镇金塔村 / 128

湖畔松荫小立 / 128

有乐 / 128

听汪雪梅女士演奏萨克斯 / 129

乡野文化棚诗会即兴 / 129

丁酉年中秋未看到月亮 / 129

重读旧书，见昔日所作圈点有感 / 129

黄鹤楼上远眺 / 129

北湖飞芦絮 / 130

风雨 / 130

偶成 / 130

丁酉年冬至 / 130

感恩 / 130

童趣（二首）/ 131

学洗衣 / 131

步韵奉和省诗词学会陆世全会长佳作（二首）/ 131

愁吟 / 132

郁金香 / 132

湖心岛 / 132

犁桥偶见耕牛 / 132

奉赠百岁诗翁邓秀山先生（四首）/ 132

偶见 / 133

湖边作 / 133

答友人 / 134

湖边愁吟 / 134

村居 / 134

龙湖吟 / 134

题受伤之树 / 134

湖边口占 / 135

厨艺见长 / 135
湖边行 / 135
见一少妇领两小儿采桑 / 135
咏窗台茉莉 / 135
次韵江孝明老师端阳诗 / 136
忘忧草 / 136
惊悉老友祝志农在南京逝世 / 136
题许筱兰女士画作《紫藤》/ 136
纪梦 / 137
清晨闻鸟鸣 / 137
养花 / 137
戊戌中秋 / 137
赠沈守华老大姐 / 137
赠宁建华女士 / 138
致远方朋友 / 138
访大明寺 / 138
窗前吟 / 138
四季桂 / 138
题张天雄先生《源流》图（三首） / 139
赞"中国好人"汪世本同志 / 139
答友人 / 139
咏惠泉社区卫生服务站医务人员 / 140
观凫 / 140
红梅 / 140
己亥年正月久雨不晴 / 140
赠王宏书 / 140

清明为亡妻扫墓 / 141
犁桥餐馆 / 141
重游横港怀旧 / 141
观江雁铃女士表演节目 / 141
听洪楼村妇女主任黄彩云唱歌 / 141
访枞阳白云中学 / 142
游永泉农庄 / 142
校园巡礼（四首）/ 142
妻亡周年祭 / 143
龙湖往事（五首）/ 143
龙湖吟（四首）/ 144
消夏 / 145
王德余先生见访 / 145
长孙谢旺升学宴上作 / 145
湖边口占 / 145
听马涛女士二胡独奏《化蝶》/ 146
犁桥老街（五首）/ 146
赠王德余老站长 / 147
与胡南海、蒋梅岩一道赴南陵采风 / 147
参观岩寺新四军军部旧址纪念馆 / 147
旅途口占 / 147
忆贤妻生前种菜事 / 148
听丁厚仁吹笛 / 148
读王德余先生《风雨斋诗草》（二首）/ 148

过生日 / 148
渔矶悼内子 / 149
酒家小聚 / 149
忆贤妻（十首）/ 149
自嘲 / 151
赠东道主汪意霞、孙泓女士 / 151
偶成 / 151
致敬抗疫天使 / 151
晨兴 / 152
梦 / 152
窗前香樟（二首）/ 152
读洪源先生黄鹤楼诗 / 152
见贤妻当年在芦港所购之剪 / 153
叶山纪游（四首）/ 153
访乡友黄启胜先生 / 154
游江滨村（二首）/ 154
缅怀邓秀山老先生（四首）/ 154
石台纪游（四首）/ 155
湖边口占 / 156
万丰村即景 / 156
清晨饮茶 / 156
暮春游芍药园 / 157
访群心村 / 157
李白 / 157
麦收时节 / 157
端午锦 / 158
临津驿感怀 / 158
赠方志恒主任 / 158

住院归来 / 158
致故乡 / 159
感怀 / 159
雷雨 / 159
山村 / 159
和王宏书咏荷诗（六首）/ 159
故乡往事（二首）/ 160
小孙谢祺（二首）/ 161
病愈重游天井湖 / 161
听老友说"六月六"吃新事 / 161
楼头闲望 / 162
听蝉鸣 / 162
月夜箫声 / 162
读崔护诗 / 162
陶渊明独爱菊 / 162
桑榆 / 163
秋荷（二首）/ 163
偶遇昔时学生 / 163
观鱼 / 163
乡思 / 164
赠王善忠先生 / 164
观凤眼花 / 164
木芙蓉 / 164
回旧居 / 164
读李商隐《无题》诗 / 165
金秋诗会 / 165
犁桥留影 / 165
致诗友 / 165

枯荷 / 165

待月 / 166

读《黄治邦诗选》感赋（二首）/ 166

菊 / 166

听章欣老师唱《梨花颂》/ 166

赠李艳老师 / 167

赠汪意霞、孙泓女士 / 167

冬日吟 / 167

珍藏一双布鞋 / 167

听琴 / 167

赠阮丰年先生 / 168

才女（二首）/ 168

梦醒自嘲 / 168

四九 / 168

冬日莲塘 / 169

吾人 / 169

迎春花 / 169

赏梅 / 169

重游天井湖 / 169

走亲戚 / 170

丁洲江畔 / 170

万丰村闲望 / 170

午餐 / 170

诗友小聚 / 170

德余先生招饮，即席口占 / 171

玉兰花 / 171

漫园即兴 / 171

赠徐九月女士 / 171

春寒 / 171

观垂丝海棠 / 172

春游 / 172

湖畔吟 / 172

徽州吟 / 172

参观陈先龙家别墅 / 172

赠"梧桐人家"陈自忠先生 / 173

游水村 / 173

访长杨村 / 173

游"咱们牡丹园"（二首）/ 173

渔家 / 174

友人赠新茶 / 174

市诗词学会年会上表演节目口占 / 174

万丰塔 / 174

石桥钟漫兴（二首）/ 174

谷雨 / 175

韭兰 / 175

刘华在牡丹园栽植"伊藤芍药" / 175

听林雁唱歌 / 175

听丁厚仁先生吹笛 / 176

花间饮 / 176

诗友雅集赏芍药 / 176

访齐云山（三首）/ 176

赠任继荣先生 / 177

风雨夜 / 177

雨后看新荷 / 177
江南春 / 177
渡口 / 178
赠王宏书女士 / 178
赠姚丽琴女士 / 178
人生 / 178
访大士阁有感 / 178
观李琳舞蹈 / 179
浇花 / 179
芒种怀内子 / 179
湖畔 / 179
端午买花 / 179
荷塘吟 / 180
南湖即景 / 180
有感 / 180
荷塘 / 180
白荷 / 180
朝雨 / 181
湖边纳凉 / 181
乐天派 / 181
黄昏 / 181
暮雨 / 181
赏白莲 / 182
秋游 / 182
秋思 / 182
窗前青藤着花 / 182
即景 / 182
群心村芦花桥 / 183

泾县行（四首）/ 183
秋末感怀 / 184
山姑说往事 / 184
观冬泳 / 184
乡野文化棚小菜园即景 / 184
湖边即兴 / 184
生辰即兴 / 185
花农播花种 / 185
笠帽花农 / 185
怀旧 / 185
腊八晓梦 / 185
雨中行 / 186
赠记者刘少君 / 186
致谢东道主王善忠书记 / 186
花草 / 186
回胥坝 / 186
人与花 / 187
登华芳假山感怀 / 187
牡丹园口占 / 187
池上吟 / 187
湖上吟 / 187
杜鹃花 / 188
园外看牡丹 / 188
赏新荷 / 188
新荷 / 188
伊藤芍药 / 188
牡丹园赏芍药 / 189
天香苑邂逅众驴友 / 189

食面条 / 189

读古代廉政诗（五首）/ 189

榴花 / 190

赠吕达余先生 / 190

出游 / 191

赠周玉琴女士 / 191

胥坝采风（三首）/ 191

朋友 / 192

问荷 / 192

赠王昶发先生 / 192

故里怀内子 / 192

往事回眸（八首）/ 192

赠钱钰女士 / 194

浇花 / 194

"绿丹兰"酒家雅集 / 194

赠肖无云同学 / 194

黄山避暑 / 195

种菜 / 195

旅途吟（二首）/ 195

九一八闻警报 / 195

赠沈局 / 196

紫薇（二首）/ 196

退休教师游群心村 / 196

赠吴静静女士 / 196

赠王万根等乡友 / 197

怀念亡妻 / 197

乡野文化棚即兴（二首）/ 197

有感 / 197

佘玉虎老师重九招饮 / 198

回故乡 / 198

悦湖酒家口占 / 198

桂花迟开 / 198

感怀 / 198

黄昏 / 199

晓行 / 199

梅园戏咏 / 199

观擂台 / 199

万丰即景 / 199

古钱 / 200

凉亭 / 200

百工吟（十首）/ 200

文兴采风 / 202

大山桃花节 / 202

山泉 / 202

访周潭 / 202

长杨即景（二首）/ 203

回故乡 / 203

喜看国华农场使用无人机喷农药场景 / 203

湖边又飞絮 / 203

游旭光村 / 204

芍药园即景 / 204

见友人掰竹笋 / 204

旗亭雅集 / 204

黄昏小雨 / 204

买新鲜玉米煮食 / 205

雨中行 / 205
赠东道主章卫星老师 / 205
湖畔小立 / 205
赠诗友王宏书 / 205
王才女乞画许老师 / 206
栽花 / 206
听戴敏女士唱《梨花颂》/ 206
讲红色故事感赋 / 206
人生感悟 / 206
读史有感 / 207
周宗雄先生招饮，即席口占 / 207
赠老友巫济川 / 207
赠姚成茂先生 / 207
夜市 / 207
登山 / 208
胥坝渡口 / 208
秋访群心村 / 208
群心村诗歌节即兴 / 208
庆贺胥坝诗词学会成立工会 / 208
北湖晚望 / 209
晚年 / 209
赠洪成田先生 / 209
岁暮吟 / 209
元旦 / 209
赠乡友 / 210
乡友小聚 / 210
观景有感 / 210
天井湖边 / 210

湖边闲行 / 210
在应飞所设酒宴上作 / 211
元日偶成 / 211
北湖晚景 / 211
黄昏 / 211
即景 / 211
诗友重逢即兴 / 212
读阮丰年先生散文《割芦苇》/ 212
李克义先生请客，与宴口占 / 212
诗会即兴 / 212
湖畔吟 / 212
小馆就餐 / 213
赠农艺师刘华 / 213
吊唁姐丈崔后发 / 213
清明悼内子 / 213
湖边偶见 / 213
沈光明先生请客，席上口占 / 214
游缸窑湖（二首）/ 214
翠竹禅寺 / 214
双龙洞 / 214
竹笋 / 215
赠张启明先生 / 215
赠画家李明 / 215
冬瓜山铜矿采风（三首）/ 215
菜园即景 / 216
赠《铜陵日报》王陵萍主任 / 216
闲望 / 216
铜官雨霁 / 216

湖边闲吟 / 217

听巫和玉歌声感赋 / 217

怀乡 / 217

绿萝 / 217

## 诗 · 五言律诗

观大江 / 218

江岸即景 / 218

月下怀友 / 218

应谢有文兄之邀游泉栏 / 219

锄草 / 219

元日感怀 / 219

访祝村 / 220

一年得二孙喜赋 / 220

神舟六号发射成功 / 220

排律一首 / 221

夜雨怀内 / 221

返乡献《涛声集》/ 221

地震汶川（三首）/ 222

春访黟县 / 223

咏居民小区豪邦康城 / 223

天井湖 / 223

回胥坝 / 224

与石对话（二首）/ 224

故乡 / 225

渔夫 / 225

缅怀黄梅戏大师严凤英 / 225

回乡做客于友人家 / 226

中华诗词学会顾问梁东先生莅临胥坝指导诗教暨全国诗词之乡创建工作 / 226

观凫雏得趣 / 226

游览天井湖感赋 / 227

踏青 / 227

次韵诗家马凯《雪日读书有感》/ 227

乡村岁月 / 228

务农生涯 / 228

听德余先生说当年豪饮事，作此首 / 228

颂诗词之乡——胥坝 / 228

春雪 / 229

五松怀古 / 229

乡村二月 / 229

回首少年事 / 229

少年时代 / 230

忆灾年与吾妹菊霞赴龙湖捕虾事 / 230

访美好乡村——犁桥 / 230

中秋思故乡 / 231

冬日回胥坝 / 231

"四渡赤水"歌 / 231

赠外孙王科 / 232

访乡野文化棚汪世本先生 / 232

煮食干豆角，怀念亡妻 / 232

丰收季·全鱼宴 / 233

题大士阁 / 233

赠叶明镜老师 / 233

咏茉莉 / 234

徐崇平伉俪宴请众友 / 234

游石台黄崖谷、慈云洞 / 234

做客乡野文化棚 / 234

词客 / 235

元日抒怀 / 235

客至 / 235

忆儿时"送灶"事 / 235

有感于陈七一主任撰文评论王德余先生《风雨斋诗草》/ 236

咏金家老夫人所垦之园 / 236

触景感怀 / 236

北湖吟 / 236

银杏 / 237

湖滩石 / 237

乡思 / 237

航天咏 / 237

巢湖纪游 / 238

巢湖怀古 / 238

重阳思故乡 / 238

立冬感怀 / 238

黄檀吟 / 239

西湖湿地纪游 / 239

小年随感 / 239

打年货 / 239

腊月搞卫生 / 240

点赞小女厨艺 / 240

看王科在紫沙旧居之留影 / 240

欢度除夕 / 240

老顽童 / 241

下雪 / 241

回眸年少事 / 241

忆内子生前最后一次去住院离家时之情形 / 241

咏铜陵 / 242

小城雨霁 / 242

凤眼花 / 242

雷雨 / 242

倦卧 / 243

山居人家 / 243

贺仇笑平主任光荣退休 / 243

铜籼农庄采风 / 243

做客铜籼农庄 / 244

补衣刺伤手指戏咏 / 244

湖畔闲吟 / 244

寅年重阳好友相聚 / 244

梦旧居 / 245

赠盛晓虎先生 / 245

金秋诗会 / 245

月牙儿 / 245

诗友见访 / 246

怀念母亲 / 246

夜梦 / 246

岁晏吟 / 246

湖边感吟 / 247
戏咏 / 247
闲望 / 247
观竹有咏 / 247
山东村河上摆渡人 / 248
访西联镇山东村 / 248
访胥坝乡长杨村 / 248
应柳春先生之邀游群心村 / 248
湖上吟 / 249
故园老柳 / 249
回旧居，叫志舒斫去杂乱之树枝 / 249
闲吟 / 249
寄诗友 / 250
雨霁 / 250
望湖边石 / 250
小巷 / 250
读周宗雄先生长篇小说《山的轰鸣》/ 251
国庆节前夕瞻仰烈士塔 / 251
兔年中秋 / 251
赠乡友巫和玉 / 251
赴太平中心小学参加诗教活动 / 252
王德余先生来吾家做客 / 252
候渡 / 252
方家老太 / 252
过大年 / 253

村居人家 / 253
北湖春 / 253
过端午 / 253
闷热 / 254
雨中荷塘 / 254
赠韦爱武主任 / 254
游览西湖湿地 / 254
午餐 / 255
观女子拍抖音 / 255
夏日怀乡 / 255
酷暑 / 255

**诗·七言律诗**

为父亲六十初度作 / 256
父亡周年祭 / 256
春游 / 256
五十感怀 / 257
读《菜根谭》有感 / 257
嘲小孙谢祺 / 257
纪念红军长征胜利七十周年 / 258
赠祝志农友 / 258
赠德余先生 / 258
赠左志超先生 / 259
怀念叶山岁月 / 259
咏槐 / 259
谨步洪源先生《秋日寄怀》原韵（三首）/ 260
和德余先生《岁寒三韵》（三首）/ 261

寻春 / 262

次韵呈洪源先生 / 262

题黄修芝先生摄影作品 / 262

鹧鸪 / 262

乡思 / 263

问鸿 / 263

赠内子 / 263

赠谢有文兄 / 264

怀念堂兄谢业玉（三首）/ 264

洲上春 / 265

春游天井湖 / 265

秋日感怀 / 265

赠汪延明友 / 266

退休漫吟 / 266

苦雨 / 266

咏凤丹 / 266

仙缘亭小憩 / 267

湖边即景 / 267

闲章吟 / 267

怀念旧居 / 268

秋登齐山翠微亭怀古 / 268

寄语网吧少年 / 268

春节前夕 / 269

除夕 / 269

睡莲 / 269

如今乡下 / 269

端午悼屈原 / 270

缅怀诗圣杜甫 / 270

香港回归十五周年感赋 / 270

故人燕集有感 / 270

思故乡 / 271

我国钓鱼岛岂容日本侵犯 / 271

黄金定主任医师宴请胥坝故人 / 271

赏北湖公园蜡梅有怀 / 271

杨柳吟 / 272

群心村画舫雅集 / 272

送黄修芝先生赴深圳 / 272

湖岛吟 / 272

次韵诗家马凯佳什《咏海棠》/ 273

望池州平天湖 / 273

重访池州，午后登翠微亭，次杜牧韵 / 273

和黄修芝先生《在深圳过重阳寄诸老友》/ 273

渡口感怀 / 274

春日思故乡 / 274

国庆六十五周年放歌 / 274

担心庄稼受涝灾 / 274

宣城怀谢朓 / 275

敬亭山上悼李白 / 275

宣州悼杜牧 / 275

路过泾县新四军纪念馆感赋 / 276

难忘少年事 / 276

乡愁 / 276

湖边漫咏 / 276

依韵奉和省诗词学会副会长刘国范先生佳作 / 277
赠老伴朱大代 / 277
盼老伴早日康复 / 277
赠沈光明先生及其夫人金新桥女士 / 277
王科暑假旅游记 / 278
铜陵公铁大桥 / 278
老家 / 278
国庆节与老伴携小女出游 / 278
红色记忆（二首）/ 279
次韵省诗词学会陆世全、哈余庆二位会长佳作 / 279
颂反腐斗士 / 280
怀旧 / 280
国庆节游天井湖公园 / 280
拜谒大士阁 / 280
游览旭光村 / 281
恭贺章尚朴老先生《趣园诗词选》发行 / 281
步韵奉和王德余先生《八十抒怀》（四首）/ 281
打年货 / 282
新正回故乡 / 282
赠老友秦新昌 / 283
校注《历代诗人咏铜陵》感赋 / 283
城居苦热 / 283

礼赞义安区老龄委主任姚能斌同志 / 284
孝亲敬老之星 / 284
窗前香樟树 / 284
七十抒怀 / 285
铜陵市诗词学会成立三十周年志庆 / 285
次韵高歌先生新年佳作 / 285
学做菜 / 286
感赋 / 286
祭奠亡妻 / 286
贤妻朱大代亡后，余首次回旧居（二首）/ 287
中国农民丰收节感吟 / 287
应邀赴乡野文化棚做客 / 287
赠特力电缆厂老总叶明生、叶明龙二位乡贤 / 288
古村落龙潭肖 / 288
访大明寺 / 288
读周宗雄先生作品《铜陵有色赋》 / 288
过年 / 289
忆昔 / 289
梦后吟 / 289
步韵奉和洪源先生黄鹤楼诗（五首）/ 289
午收时节怀内子 / 291
铜陵中学校训歌 / 291

读周宗雄先生长篇小说《花落花开》/ 291

天井湖 / 291

老农 / 292

乡思 / 292

青松 / 292

病中思故园 / 292

步韵奉和洪源先生《乡思》/ 293

惊闻故乡又防汛 / 293

缅怀王贤臣老先生 / 293

访枞阳 / 294

缅怀王展东先生 / 294

梦觉 / 294

悼念四哥熊承枝 / 295

补衣感怀 / 295

新年怀旧 / 295

赠汪世本同志 / 295

咏海棠 / 296

颂歌献给党（六首）/ 296

赠牡丹园主刘华先生 / 297

悼念花成清先生 / 298

访江氏农庄 / 298

悼念"杂交水稻之父"袁隆平院士 / 298

贤妻病故三周年祭 / 298

观"咱们牡丹园"诗书展赠刘华先生 / 299

忆年少秋夜读书事 / 299

江干怀旧 / 299

放歌"三·一五" / 299

登华芳假山 / 300

窗前紫藤花 / 300

悼念阮筱玲女士 / 300

赠诗友李克义同志 / 300

礼赞人民警察 / 301

铜官山 / 301

自述 / 301

北湖放歌 / 301

访黄国华农场 / 302

春访旭光村 / 302

春末感怀 / 302

喜观洪源先生《识缘斋诗书》/ 302

祝贺王书谟老师百岁华诞 / 303

怀念堂兄谢业胜 / 303

悼念吾妹雪霞 / 303

警报声声 / 303

龙年放歌 / 304

割芦苇 / 304

忆内子当年割芦苇事 / 304

赠吴寿云主任 / 305

游牡丹园 / 305

花农送花 / 305

有感 / 305

洪源故里无名河 / 306

种粮大户陈信国 / 306

致谢何俊亮 / 306

自留地 / 306
客至 / 307
悼念亲家周啸峰老师 / 307
长夏日记 / 307
早茶 / 307

## 词

十六字令（二首）/ 308
忆江南·泉塘 / 308
卜算子·咏菊 / 308
浪淘沙·怀念叶山诸亲友 / 309
浪淘沙·赠邓老并步其原韵 / 309
鹧鸪天·纪念抗日战争胜利六十周年 / 309
临江仙·散步有感 / 309
浣溪沙·春游 / 310
水调歌头·江涛 / 310
清平乐·赞季羡林教授 / 310
水调歌头·堤上筑成水泥路 / 310
清平乐·雪（二首）/ 311
清平乐·枇杷 / 311
清平乐·冬曝 / 311
浣溪沙·早春漫步 / 311
临江仙·花前漫兴 / 312
浣溪沙·校对《五松山诗词》小憩 / 312
清平乐·望雪怀乡 / 312
西江月·戊子中秋北湖待月 / 312

西江月·"神七"问天 / 313
西江月·回故乡 / 313
忆江南·游江南文化园（二首）/ 313
清平乐·访安平诸诗友（二首）/ 314
西江月·悼念贤侄谢志国 / 314
西江月·题画 / 314
踏莎行·春游凤凰山 / 315
唐多令·华芳小区假山即景 / 315
鹧鸪天·安徽省首届民俗文化节观感 / 315
清平乐·夜赴新桥卖花生 / 315
清平乐·看青 / 316
菩萨蛮·候渡 / 316
菩萨蛮·阳春回故乡（二首）/ 316
浣溪沙·重访西递、宏村 / 317
浣溪沙·棉田拖小犁 / 317
浣溪沙·果农 / 317
浣溪沙·回旧居 / 317
浣溪沙·打工晚归 / 317
浣溪沙·湖边漫步 / 318
西江月·天宫一号与神舟八号对接成功喜赋 / 318
青玉案·观湖感怀 / 318
青玉案·新居漫兴 / 318
青玉案·洗衣女 / 319
渔家傲·怀念先慈 / 319

江城子·悼念妹婿陈孝平 / 319
采桑子·重阳 / 319
西江月·忆黄墩村黄梅戏剧团演出 / 320
浣溪沙·北湖公园 / 320
好事近·次韵盛晓虎先生贺岁佳作（二首）/ 320
西江月·湖边漫笔 / 320
临江仙·湖上作 / 321
西江月·紫藤架下小坐 / 321
鹧鸪天·暮春游天井湖公园 / 321
踏莎行·重访清泉村 / 321
踏莎行·黄杨木 / 322
虞美人·斥故意损坏天井湖雕塑之不文明行为 / 322
卜算子·水榭听戏 / 322
渔家傲·秋思 / 322
西江月·逐梦 / 323
青玉案·记舅氏杨家银先生悉心照料舅母事 / 323
浣溪沙·游览群心村农民公园（二首）/ 323
踏莎行·窗下读书郎 / 324
水调歌头·纪念抗日战争胜利六十九周年 / 324
渔家傲·赞环卫工（二首）/ 324
卜算子·湖边独坐 / 325
破阵子·回顾抗日战争(三首) / 325

千秋岁·写于南京大屠杀死难者国家公祭日 / 326
忆秦娥·白莲 / 326
忆秦娥·红莲 / 326
忆江南·窗前秋色 / 326
忆江南·连日阴雨（二首）/ 326
踏莎行·胥坝乡荣获"中华诗词之乡"称号感赋 / 327
渔家傲·湖边漫步 / 327
渔家傲·思故乡 / 327
满江红·娄山关上颂红军 / 328
忆秦娥·天井湖春景 / 328
一剪梅·春访东联乡 / 328
渔家傲·朱永路 / 328
水调歌头·次韵盛晓虎先生端阳词 / 329
鹊踏枝·步王德余先生韵，赠孙丽华女士 / 329
沁园春·祝贺《今日义安》刊行二十周年 / 329
眼儿媚·接到诗友贺节电话 / 329
醉东风·春节 / 330
踏莎行·游胥坝 / 330
鹧鸪天·雨中行 / 330
青玉案·西湖村赏莲花 / 330
长相思·小亭感怀 / 331
清平乐·故乡（三首）/ 331
如梦令·携老妻小女就近游 / 331

西江月·登荷叶洲／332
清平乐·新时代／332
清平乐·江洲儿女／332
踏莎行·秋游西湖湿地／332
好事近·次韵盛晓虎先生新年佳作／332
渔歌子·龙潭／333
西江月·城居苦夏／333
水调歌头·铜陵礼赞／333
江南春·校园行（三首）／333
清平乐·赴胥坝中心小学讲诗词格律／334
渔家傲·五松诸友／334
忆秦娥·己亥年春节／334
柳梢青·回故居，见亡妻旧衣，顿悲／335
鹧鸪天·洪楼村采风／335
喜迁莺·长孙谢旺考上大学喜赋／335
渔家傲·群心村渔民水上打捞队／335
沁园春·庆祝中华人民共和国成立七十周年／336
西江月·湖滨／336
卜算子·老友送菜蔬／336
卜算子·老友送年糕／336
巫山一段云·春游杏花村／337
忆秦娥·渡口悼亡妻／337

踏莎行·读王宏书诗稿／337
浪淘沙·自述／337
踏莎行·即景／338
卜算子·老友送箬粽／338
卜算子·孤雁／338
卜算子·赠友人／338
柳梢青·赠诗友／339
卜算子·遥念东篱菊／339
忆江南·雨夜／339
踏莎行·秋收秋种／339
点绛唇·中秋望月／340
卜算子·闻佳讯／340
卜算子·剪韭有感／340
醉太平·田家／340
鹧鸪天·秋游／340
卜算子·银杏（二首）／341
卜算子·咏梅／341
卜算子·友人发来信息／341
踏莎行·观兴村汪卫民家荣获"美丽庭院"称号／342
一剪梅·女教师／342
渔家傲·腊八吟／342
卜算子·踏青／342
蝶恋花·辛丑年元宵节／343
卜算子·游梧桐花谷／343
西江月·渔夫／343
喜迁莺·贺外孙王科考上大学／343

浣溪沙·江滨行 / 343

卜算子·七夕 / 344

卜算子·重游天井湖怀内子 / 344

卜算子·七月半怀旧 / 344

蝶恋花·诗为伴 / 344

卜算子·北湖公园闲吟 / 344

卜算子·湖畔 / 345

水调歌头·学习党史，肩担使命 / 345

卜算子·中秋 / 345

卜算子·游姥山 / 345

卜算子·野菊花 / 346

蝶恋花·读书漫咏 / 346

卜算子·旧居携回陶瓷罐 / 346

卜算子·早茶 / 346

卜算子·防骗 / 346

渔家傲·自嘲 / 347

卜算子·腊月豌豆开花 / 347

卜算子·看小女所拍视频 / 347

沁园春·北京冬奥会隆重开幕 / 347

浣溪沙·插花吟 / 348

长相思·忆内子生前劳作事 / 348

浣溪沙·情人节有感 / 348

卜算子·元夜无月 / 348

卜算子·小花 / 348

卜算子·苇塘捕鱼 / 349

卜算子·古柳 / 349

卜算子·踏青 / 349

浣溪沙·湖边 / 349

采桑子·牡丹之思 / 349

一剪梅·故乡岁月 / 350

一剪梅·怀念故乡紫沙洲 / 350

卜算子·紫藤花下悼亡妻 / 350

卜算子·窗外香樟树 / 350

鹧鸪天·凤凰山中赏牡丹 / 351

卜算子·黄昏 / 351

采桑子·怀念已故亲人 / 351

卜算子·自嘲 / 351

清平乐·外卖小哥 / 351

鹧鸪天·大学生毕业回乡开网店 / 352

清平乐·听蝉鸣 / 352

卜算子·读书 / 352

醉花间·双节感怀 / 352

卜算子·矿山新貌 / 352

卜算子·食芋 / 353

卜算子·遇见老人携花木 / 353

浣溪沙·回故乡做客于农家 / 353

江南春·秋思 / 353

江南春·乡思 / 353

清平乐·养花 / 354

卜算子·傍晚 / 354

清平乐·金秋诗会上过生日 / 354

清平乐·做客山庄 / 354

卜算子·小鸟 / 354

柳梢青·怀内子 / 355
卜算子·野菊花 / 355
卜算子·湖上吟 / 355
卜算子·咏刘华"天香苑"冬牡丹（三首）/ 355
卜算子·赏风铃花有咏 / 356
卜算子·病中吟 / 356
卜算子·致谢诗友 / 356
卜算子·怀旧 / 356
卜算子·岁末感怀 / 357
卜算子·怀旧 / 357
水调歌头·年关怀旧 / 357
卜算子·小年赏雪 / 357
霜天晓角·散步 / 358
清平乐·纪梦 / 358
清平乐·漫咏 / 358
清平乐·寻春 / 358
卜算子·湖边 / 358
卜算子·乡野红梅 / 359
沁园春·赞犁桥村 / 359
卜算子·反腐倡廉 / 359
长相思·江滨行 / 359
长相思·重访江滨村 / 360
长相思·江滨怀亡妻 / 360
长相思·放风筝 / 360
长相思·湖边悼内子 / 360
长相思·玉兰 / 360
水调歌头·访铜陵有色公司金冠铜业 / 361
浣溪沙·春访文兴村 / 361
忆秦娥·桃花节 / 361
清平乐·晚望 / 361
浣溪沙·湖畔 / 362
鹧鸪天·五月乡村 / 362
卜算子·散步 / 362
卜算子·茉莉花开 / 362
卜算子·访铜陵市郊区花园中学 / 362
卜算子·欢聚 / 363
长相思·林国丽、林茜、王宏书三人同窗，亲如姊妹，为之赋 / 363
长相思·乡愁 / 363
鹧鸪天·犁桥水镇 / 363
卜算子·初雪 / 363
卜算子·冒雪投寄诗稿 / 364
满江红·纪念毛主席一百三十周年诞辰 / 364
卜算子·订购包子忘记取 / 364
卜算子·思念故乡 / 364
清平乐·晚年 / 365
清平乐·湖边望月 / 365
浣溪沙·遣怀 / 365
减字木兰花·岁末 / 365
清平乐·外甥陈应飞设宴，席上口占 / 365

清平乐·正月走亲戚／366
卜算子·正月／366
行香子·黄昏／366
卜算子·无名花／366
卜算子·渡口吟／366
清平乐·墨兰／367
卜算子·暮春／367

卜算子·夜来香／367
卜算子·汪世本送土产／367
卜算子·黄梅时节／367
踏莎行·湖边所见／368
水调歌头·怀旧／368
水调歌头·述怀／368

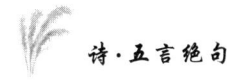

# 诗·五言绝句

## 金银花

一架碧青藤，长牵泥土情。
只缘花叶好，香气自然清。

1967. 5. 1

## 老妪赐茶

家住深山里，慈眉善目人。
茶烹云雾绕，一盏涤胸尘。

1967. 5. 2

## 夏夜乘凉

月斜星耿耿，灯闪一船航。
水上清风至，江边夜半凉。

1967. 7. 13

## 江村之夜

萤火飘流夜，虫声断续风。
乡村灯熄早，江上月朦胧。

1968. 6. 5

## 江干小坐

林幽莺自啭,蝶戏玉花飘。
小坐沙堤上,心潮逐浪潮。

1968. 6. 19

## 知了

蝉鸣高树上,得意正逢时。
世界多深奥,岂能皆晓之?

1968. 7. 9

## 山下闲望

幽谷风回荡,丛林卷碧澜。
松奇生绝壁,云逸恋高山。

1971. 1. 3

## 春景

风和杨柳绿,日暖菜花黄。
万里归来燕,还寻故地梁。

1995. 4. 14

## 春访泉塘冲

草木山头绿,桃花院内红。
亲朋皆好客,醉在小山冲。

1997. 3. 17

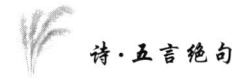

## 见人折桂花枝感赋

桂花金灿灿，香气最清纯。
谁去蟾宫折？殷勤望后人。

2001. 9. 30

## 芦花

斜倚鹊江头，邻居水上鸥。
杨花相约早，风动点春秋。

2002. 11. 27

## 问梅

人老征途上，花开白雪中。
问君何太瘦，或是念春风。

2005. 1. 6

## 江岸春色

江南三月雨，芳草绿无涯。
水涨桃花汛，风来岸柳斜。

2005. 1. 28

## 渔人

来去长江岸，耕渔不惮劳。
黄昏张网罟，月夜捕风涛。

2005. 10. 3

## 栀子花

玉簪青蓓蕾，绽放若凝霜。
村女无珠翠，风鬟一朵香。

2006. 6. 4

## 晨赴胥坝街道，并于"春风饭店"设午宴招待诸诗友（二首）

### 一

村原浮薄雾，晓月一钩痕。
为接诸诗友，骑车坝上奔。

### 二

摄影秋江畔，观光小镇中。
挥毫抒怀抱，满座醉春风。

2006. 9. 17

## 钓叟

持竿矶上立，烟雨一江春。
得失无牵挂，乡村自在人。

2006. 10. 20

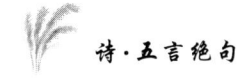

## 江干旧事（四首）

### 一、晚泊

江隈晚泊船，村市设沙滩。
买卖真红火，风传笑语喧。

### 二、开航

潮涨柳林滩，起锚离港湾。
帆悬流水急，远去白云间。

### 三、赛龙舟

击鼓可扬威，蛟龙水上飞。
人人皆奋勇，誓夺锦标归。

### 四、担水

鸟语晴窗外，闻声即起床。
江天红日出，满担耀霞光。

2006. 12. 2

## 望雁字有感

大雁排人字，昭然在九天。
立身休愧对，三省效前贤。

2006. 12. 7

## 蜡梅

不畏霜华重，芳心一点红。
百花犹未发，吐艳报春风。

2006. 12. 8

## 醉卧

家住尘嚣外，田耕鹊水滨。
一壶聊解乏，月照醉眠人。

2007. 5. 20

## 渡口即景

芦荻江洲岸，秋风野渡头。
牧童何处去？白鹭守青牛。

2007. 9. 9

## 江边口占

两岸雄鸡唱，江村柳色深。
南风时有意，隔水送吴音。

2007. 9. 25

## 午休

纤云无一缕，夏日热难当。
家住听松苑，风穿北牖凉。

2008. 7. 28

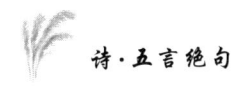

## 故乡行

麦绿江洲地,香飘油菜花。
青年打工去,白首却当家。

2009. 3. 16

## 遥思故园芍药

五松湖柳绿,故里沐春风。
杜宇啼声里,荒园几朵红?

2009. 3. 22

## 凤凰落脚石

凤凰曾落脚,石上爪痕真。
山水藏灵气,花王岁岁春。

2009. 4. 21

## 鲁迅峰

马仁山旅游区内有一座山峰,远望似鲁迅先生仰卧状,故被称为"鲁迅峰"。

《呐喊》惊尘世,光辉日月同。
先生当不朽,化作一山峰。

2010. 4. 21

## 风雨马仁山

电闪乌云暗，风狂骤雨来。
悬崖飞瀑布，巨壑响惊雷。

2010. 4. 21

## 野蔷薇

寂寞野蔷薇，花开花又飞。
谁能青眼顾？我却久低回。

2010. 5. 15

## 西递、宏村纪游（五首）

### 一、农家女

谷雨掐新茶，重阳采菊花。
身背青竹篓，辛苦为生涯。

### 二、写生者

学子街边坐，支颐正出神。
未描西递景，已是画中人。

### 三、西递迷津

纵横多小巷，迷路旅游人。
一似桃源客，沿途数问津。

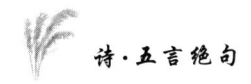

### 四、古巷遐想

黄昏谁弄笛？深巷静幽幽。
夫婿经商去，佳人倚画楼。

### 五、宏村清流

引入西溪水，清泉户户流。
一瓢随手舀，功德颂千秋。

2010. 10. 22

## 遥望家乡

老屋面长江，心中未曾忘。
爱行城北路，只为望家乡。

2011. 2. 24

## 湖边闲行

点点金秋雨，轻轻水岸风。
闲行唯适意，好景在途中。

2011. 10. 1

## 北湖公园（五首）

北湖在铜陵县城内，原来甚为荒凉，现建成公园。

一

移来风景树，装点北湖滨。
家住公园侧，皆为有福人。

二

曲堤才筑就，草色映澄波。
朝夕湖边走，游人笑语和。

三

沙滩随意坐，抱膝望湖天。
水里晴云白，林中小鸟喧。

四

碧水平如镜，双双戏野凫。
每逢星月夜，湖面闪珍珠。

五

筱竹遮幽径，群芳傍水涯。
城中一湖碧，风景十分嘉。

2011. 10. 10

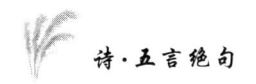

## 题贵池杏花村迷宫

歧途时误入，八卦有玄机。
世路尤如此，当心方向迷。

2011．10．26

## 寻梅

北风寒彻骨，依旧去山林。
为探梅消息，何辞踏雪深？

2011．12．19

## 胥坝乡中秋诗词吟诵会即兴

玉蟾今夕满，丹桂正飘香。
诗颂家乡美，情同鹊水长。

2012．9．26

## 观钓

雨霁斜阳出，湖平荡细纹。
持竿红蓼岸，闲钓水中云。

2012．10．21

## 赞铜陵吟友

放眼观寰宇，挥毫写赤忱。
弘扬主旋律，曲曲动人心。

2013．4．10

## 小立九曲桥

水面浮萍藻，风荷滚玉珠。
一场山雨歇，桥上听啼鸪。

2013. 5. 15

## 湖上口占

山城楼宇密，天地一洪炉。
何处宜消夏，日游天井湖。

2013. 7. 28

## 进城之后

晚年城里住，人地两生疏。
华屋虽然好，时时想旧居。

2013. 7. 28

## 紫藤秋花

一架藤萝碧，浓荫遮日华。
天干才得雨，时过也开花。

2013. 8. 23

## 荷叶

叶分深浅绿，水面散清香。
但恐秋霜下，干枯堕野塘。

2013. 8. 30

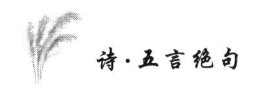

## 雨后北湖即景

雨后生春草，湖滨一溜青。
黄昏鸥鹭倦，收翅落寒汀。

2014. 2. 26

## 松花

山下抬头望，青松立峭崖。
不嫌颜色淡，我却爱松花。

2014. 3. 31

## 睡莲

紫槿为屏障，清池是玉床。
任凭蜂蝶扰，睡得异常香。

2014. 4. 17

## 夜宿豪邦康城

阿科真好客，留我宿康城。
一觉东方晓，窗前百鸟鸣。

2014. 4. 20

## 树下杜鹃迟开有咏

一丛何太瘦，地势不朝阳。
花放三春后，闲观忽感伤。

2014. 4. 29

## 村居（二首）

### 一

家住紫沙洲，鹊江村外流。
窗前过帆影，水上舞轻鸥。

### 二

三径苔痕绿，家贫少应酬。
从无非分想，耕读度春秋。

2014．7．18

## 赠某人（二首）

### 一

莫悲时运乖，埋首读萧斋。
诗思如泉涌，柔毫写壮怀。

### 二

仰天休叹息，有梦自堪豪。
笔蘸长江水，胸中卷浪涛。

2014．9．25

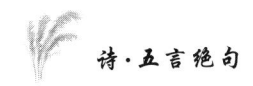

## 偶见小鸟落在荷叶上

爪踏珍珠落，居然叶上停。
时时窥水面，好个鬼精灵！

2015．8．20

## 凫渚寻幽

偶见双飞蝶，凌寒戏蓼花。
渔人悄然立，烟水一竿斜。

2015．10．31

## 回乡即兴

城市空间小，乡村天地宽。
眼观飞鸟影，兴寄白云端。

2016．1．4

## 百合

几枝山百合，一室漾清香。
花有人情味，新春送吉祥。

2016．2．13

## 湖上春早

垂杨青袅袅，湖水碧幽幽。
九曲桥头立，春风拂面柔。

2016．2．18

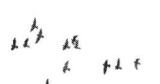

## 天井湖春色

岸上梨花白，湖中柳影青。
贪看春色好，久久立芳汀。

2016．3．22

## 阿科植兰（二首）

### 一

小小玻璃钵，也能栽吊兰。
观书眼疲倦，绿色最宜看。

### 二

心静自然凉，蝉声当乐章。
移栽一丛绿，装点小书房。

2016．7．14

## 摄影纪趣

相机随手带，信步小村游。
一蝶真乖巧，飞来抢镜头。

2017．6．11

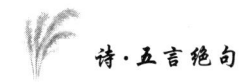

## 龙潭垂钓

鸟唱芳林里，鱼游绿荇间。
远离喧闹处，钓得好悠闲。

2017. 6. 13

## 野老

张网捕虾鱼，编篱种菜蔬。
黄昏一杯酒，野老乐村居。

2017. 9. 4

## 旧居梅花

老屋南窗外，寒梅寂寞开。
故留香气久，似待主人回。

2017. 12. 10

## 梅

虬枝斜院落，玉蕊傲风霜。
不叹黄昏至，犹生淡淡香。

2017. 12. 11

## 晨兴

千杯酣畅醉，一觉自然醒。
万籁俱沉寂，书灯伴晓星。

2018. 9. 21

## 怀念亡妻

昔日同游处，今朝我独来。
低头寻旧迹，谁识老翁哀？

2019. 4. 25

## 顺安怀古

山风揩汗水，暴雨洗尘埃。
介甫曾游处，临津酹一杯。

2019. 6. 6

## 赠孙泓女士

淑女爱丹青，神州万里行。
一生山水梦，笔下见才情。

2019. 7. 15

## 忆贤妻朱大代（十首）

### 一

携手人生路，心如金石坚。
持家挑重担，撑起半边天。

### 二

菜花将落尽，松土挖苗床。
棉钵连朝做，收工披月光。

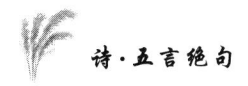

## 三

播种勤浇水，棉苗出土齐。
眉头始舒展，麦垄动春犁。

## 四

浅青蔬甲嫩，微紫豆花繁。
浇水施肥料，挥锄耕小园。

## 五

江南捞荇藻，赤脚走河滩。
猪崽辛勤饲，膘肥早出栏。

## 六

挑菜圩堤上，小风吹嫩寒。
提回一篮绿，野荠作春盘。

## 七

底纳千针密，线牵情意长。
鞋穿刚合脚，迈步走康庄。

## 八

农闲闲不住，灯下织毛衣。
衣旧仍然在，心酸老泪挥。

## 九

生前栽树木，今日已成材。
商贾来收购，数钱心倍哀。

## 十

一生崇节俭，从不乱花钱。
但望儿孙辈，长将美德传。

2020. 2. 29

## 往事漫忆（十二首）

### 一、故乡

老屋依然在，村居六十年。
一从离故土，梦绕鹊江边。

### 二、游泳

击水过长江，风号浪更狂。
弄潮何所惧，要做好儿郎。

### 三、夜读

擦亮油灯罩，长年好读书。
神游文汇阁，星月照吾庐。

### 四、黄墩看戏

一出《天仙配》，黄梅好戏文。
演员长袖舞，看客泪纷纷。

### 五、雨中行

风吹苞谷叶，雨落藕花塘。
一伞行阡陌，田园雾气香。

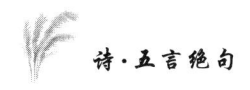

## 六、骑车上下班

单车永久牌,脚踏荡尘埃。
一路风光好,野花堤上开。

## 七、放学途中买鱼

停车招手问,江上打鱼人。
船靠芦花岸,柳条穿细鳞。

## 八、扛车行

晴日骑车子,风生脚下轮。
雨天泥路湿,车子却骑人。

## 九、摘葡萄给小孙子谢祺

后院葡萄架,珍珠串串垂。
欣然伸手摘,好哄小顽皮。

## 十、夏夜乘凉

流萤地上星,星是夜空萤。
点点星光闪,蒙眬人半醒。

## 十一、夏日露天晚餐

风拂篱笆院,家人坐桌旁。
南瓜和面煮,吃得十分香。

## 十二、梦醒

鸿爪留痕迹，客居思故乡。
须臾头发白，梦醒感沧桑。

2020. 3. 20

## 石台行（二首）

### 一、采茶

掐取清明叶，指尖留淡香。
山泉烹细茗，醉在小村庄。

### 二、河滩捡石

急流腾雪浪，古木绕青藤。
拾得昆仑玉，回乡送友朋。

2020. 4. 12

## 答诗友

久雨使人愁，愁多易白头。
头毋等闲白，白了更添忧。

2020. 7. 16

## 湖畔行

湖水碧汪汪，西山挂夕阳。
秋风驱暑热，迎面送清凉。

2020. 8. 22

## 观鱼

秋水盈盈碧,闲观逐浪鱼。
鱼游何快乐,濠上乐何如?

2020. 8. 22

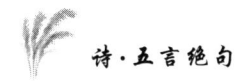

## 问荷

白露香苞圻,湖边赏水芝。
南塘花已谢,何故独开迟?

2020. 8. 30

## 湖上

小山晴妩媚,碧水漾微波。
恰值秋光好,临风发浩歌。

2020. 9. 4

## 即事

一鸟身边过,为何亲近吾?
老人无杂念,心静似平湖。

2020. 9. 8

## 回顾当年在钟鸣镇曾与徐崇平老师赴各校听课事

青山红土地,碧水绿杨桥。
同走春风陌,教研掀热潮。

2020. 9. 14

## 雨中吟

人生如意少，天气有阴晴。
尽管遭风雨，依然迈步行。

2020. 9. 16

## 鸟鸣

又到湖边走，林中听鸟鸣。
一呼还一应，万籁悄无声。

2020. 9. 24

## 雨后山色

谁泼浓浓墨，堆成座座山？
一场风雨后，浮在暮云间。

2020. 9. 25

## 旧居怀内子（二首）

### 一

又到故乡来，小园丹桂开。
低眉寻旧迹，旧迹没苍苔。

### 二

白杨高数丈，枯叶下秋林。
植树人何在？怀思泪湿襟。

2020. 10. 2

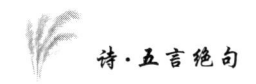

## 路过秋浦河

清清秋浦水，郁郁谪仙诗。
诗妙传千古，水流无尽时。

2020. 10. 5

## 途经贵池致诗友

十月小阳春，一车山野奔。
青旗招展处，可醉杏花村？

2020. 10. 5

## 黄崖谷（三首）

### 一

依山修栈道，峡谷一何深。
溪水奔流急，谁人在鼓琴？

### 二

谷中风习习，泉水响淙淙。
世外红尘绝，白云缠碧峰。

### 三

瀑布喧幽谷，溪流架索桥。
何愁山路险？老叟敢登高。

2020. 10. 6

## 慈云古洞石钟乳

幽幽洞穴深,怪石颇惊心。
天降洪荒雪,冰凌冻到今。

2020. 10. 24

## 秀水河边

徜徉秀水河,秋柳尚婆娑。
不叹年华老,爱吟欢乐歌。

2020. 10. 27

## 童趣

手中拿树杈,几个小娃娃。
未等春风起,湖边学种瓜。

2020. 11. 12

## 与友人一起观云

晴空朵朵云,仿佛是羊群。
倘若听吆喝,全都送给君。

2020. 11. 17

## 人生

人生多坎坷,回首易悲哀。
心有千千结,如何解得开?

2020. 11. 25

## 过生日

两个荷包蛋，三杯八宝春。
飞禽窗外舞，为我庆生辰。

2020. 11. 26

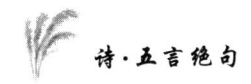

## 北湖边

踯躅水之涯，平林着縠纱。
山城灯火亮，何不早回家？

2020. 12. 4

## 早茶

每日开心事，清晨一盏茶。
香云浮缕缕，诗思接天涯。

2021. 1. 15

## 腊八粥

一喝香甜粥，天寒身不寒。
梅开春气动，漫步北湖滩。

2021. 1. 20

## 冬雨

雨细蒙蒙雾，天寒瑟瑟风。
行吟北湖上，翘首盼花红。

2021. 1. 22

## 过年

户外灯笼挂，街头笑语喧。
红梅解人意，吐艳贺新年。

2021. 2. 10

## 插花

几枝山百合，一笑露娇颜。
只要身心健，任凭双鬓斑。

2021. 2. 10

## 除夕

除夕湖边走，春波照眼明。
茶花红几朵，送我好心情。

2021. 2. 11

## 来信

春风传信息，诗友细叮咛。
相见桃花渡，同游烟水汀。

2021. 3. 16

## 赠王德余先生

君为湖海士，举止尽风流。
咳唾成珠玉，诗传千万秋。

2021. 3. 26

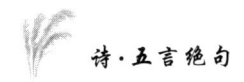

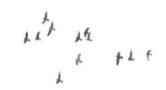

## 诗友小聚

立夏文朋聚，诗燃火热情。
歌吟追梦者，策马又长征。

2021. 5. 5

## 赠叶靖华先生

着褂是唐装，悠然举玉觞。
微醺磨铁砚，挥笔写华章。

2021. 5. 9

## 一年蓬

簇簇一年蓬，徐徐陌上风。
小花香细细，开在梦乡中。

2021. 5. 25

## 桑下吟

已无红葚子，徒有叶遮阴。
昔日采桑女，芳踪何处寻？

2021. 7. 9

## 暴雨

天地大蒸笼，忽然云漫空。
一场豪雨落，笑纳快哉风。

2021. 7. 17

## 雨霁

湖添三尺水，云漫半边山。
雨后斜阳出，霓虹一道弯。

2021．7．17

## 五松山

蜀客爱铜官，骑鲸不再还。
华章传万代，火了五松山。

2021．7．18

## 洗澡花

扎根偏僻处，生息尽随缘。
香气幽幽发，黄昏红欲燃。

2021．7．31

## 蜗牛

蜗牛也像牛，行路慢悠悠。
风雨时来袭，从来不发愁。

2021．8．5

## 何以解忧

往事怕回眸，时光不倒流。
欲倾沧海水，一洗内心愁。

2021．8．5

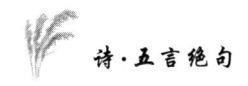

## 湖边吟

湖边有树荫，小立听蝉吟。
袅袅秋风起，悠悠动我心。

2021．8．7

## 湖畔即景

湖水荡波纹，蓝天缀白云。
小花开口笑，向晚吐清芬。

2021．8．9

## 初秋游江滨（三首）

### 一

鸟唱意杨林，鱼游潭水深。
桃源何用觅？闲望动诗心。

### 二

瓜蔓纠缠树，树头柑橘青。
青柑尝一口，口内溢芳馨。

### 三

扁豆开花紫，丝瓜坼蕾黄。
长堤随意走，一路赏风光。

2021．8．10

## 赠王科

孙儿爱读书，求学赴洪都。
莫做蓬间雀，当为千里驹。

2021．9．5

## 草花

小小无名草，扎根山水涯。
难逢青眼顾，时至也开花。

2021．9．6

## 新插茉莉竟开花

拂晓临窗读，清香何处来？
抬头蓦然见，一朵小花开。

2021．9．14

## 牡丹园摘丝瓜

君看绿丝条，低悬小树梢。
虽无牡丹艳，却可做佳肴。

2021．9．18

## 题军训照

金风拂校旗，学子展雄姿。
仿佛沙场上，尘飞万马驰。

2021．9．19

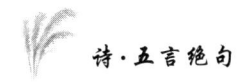

## 听鹁鸪鸣

鹁鸪何处鸣,啼雨复啼晴。
尘世无晴雨,哪来万物生?

2021. 10. 2

## 金桂迟开

已过中秋节,气温如夏时。
只因沾露少,堪叹着花迟。

2021. 10. 6

## 金秋诗会口占

桂树围庭院,花飘沾我身。
篇篇秋色赋,醉了众乡亲。

2021. 10. 23

## 泾县秋色

水岸芦花白,山田晚稻黄。
谁能挥彩笔,画出好秋光。

2021. 10. 24

## 吊兰

阳台一钵兰,引蔓上栏杆。
独自成风景,青青亦可观。

2021. 10. 30

## 旧居桂子

枝叶郁苍苍，高高护院墙。
举家迁徙后，留下桂花香。

2021. 11. 13

## 梦醒作

深宵梦鹊江，内子浣衣裳。
千唤无回应，醒来月映窗。

2021. 11. 24

## 自叹

年过古来稀，一生无作为。
命途多坎坷，回首不胜悲。

2021. 12. 8

## 有感

沧海难穷底，人心比海深。
任其深莫测，我却乐行吟。

2021. 12. 10

## 探梅

风飘香一缕，喜见蜡梅开。
转眼冬将去，欢呼春又来。

2022. 1. 1

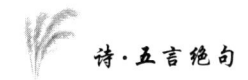

## 赏茶花

何输岁寒友，亦敢斗霜风。
叶透浓浓绿，花开火样红。

2022．1．1

## 牡丹园捣糍粑

山泉清洗手，石臼捣糍粑。
一片丹心在，古风传万家。

2022．4．27

## 感怀

人生多坎坷，壮志未消磨。
岂效唐衢哭，临风慷慨歌。

2022．5．2

## 观金鱼

闲游一钵中，姿态亦从容。
胡不思江海，腾飞化作龙？

2022．5．4

## 广场石

裂纹千万道，撞击剩伤痕。
遭遇皆缘分，长留江畔村。

2022．5．22

## 湖上吟

雨霁天空碧，风微水面平。
闲云无羁绊，自在自由行。

2022. 5. 28

## 牡丹园口占（二首）

### 一

天地做厅堂，青梅煮酒香。
山风飒然至，送我一丝凉。

### 二

美酒酬嘉士，奇葩赠丽人。
刘郎心地好，小苑四时春。

2022. 7. 3

## 洪光明先生招饮，即席口占

文朋欣聚首，彩笔写传奇。
白发心犹赤，人生路不迷。

2022. 7. 30

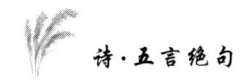

## 秋老虎

雨伯无踪迹，云师亦旷工。
交秋仍酷热，天地似蒸笼。

2022. 8. 4

## 在铜籼农庄做客

水芹香又嫩，藕片白如霜。
笑饮千盅酒，今朝醉故乡。

2022. 9. 4

## 紫沙洲上水蜡烛

渠边红蜡烛，采摘带回家。
不为燃光焰，唯因爱紫沙。

2022. 9. 12

## 风雨夕

飞禽宿树枝，暮色渐浓时。
愁绪万千缕，纷纷如雨丝。

2022. 10. 11

## 仇笑平先生招饮（二首）

### 一

原浆酒味醇，小集几闲人。
议论纵横发，餐厅一片春。

### 二

诗友真风雅，闲谈一室中。
余晖洒西岭，映得半天红。

2022. 10. 20

## 江边即兴

谁在唱歌谣？歌声江上飘。
扁舟何处去？鹊水卷春潮。

2022. 10. 25

## 途中

木叶飘然下，疏篱秋菊黄。
笑迎红日出，一路踏清霜。

2022. 10. 26

## 往事

鹊水桃花汛，春风杨柳桥。
烟村访嘉友，哪管路途遥？

2022. 10. 27

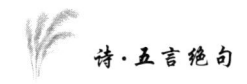

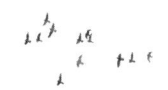

## 观捕鱼

苇塘轻举棹，撒网捕金鳞。
羡慕渔家乐，思居野水滨。

2022. 11. 5

## 山茶

黄昏何处去？漫步小城东。
不畏霜风冷，茶花格外红。

2023. 1. 10

## 万丰村老姐家

一垄洋葱绿，几株柑橘青。
疏篱围小院，日月最安宁。

2023. 2. 19

## 乡野老人

雨后园蔬绿，窗前桃蕾红。
忙完家务事，小坐沐春风。

2023. 2. 26

## 偶见

阳台砖缝里，小草两三茎。
默默端详久，心中百感生。

2023．5．2

## 湖畔

鸟雀叫啾啾，湖边好静幽。
婆婆摘桑葚，乐坏小丫头。

2023．5．2

## 代赋同学相逢（二首）

### 一

陵阳溪水清，草木也含情。
豆蔻年华好，踏春携手行。

### 二

同窗几度秋，友谊暖心头。
回首当年事，畅谈明月楼。

2023．5．2

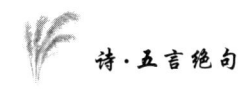

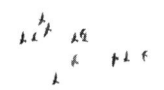

## 即景

白雨落江城，巨雷天下惊。
铜琶请谁拨，助我唱豪情。

2023. 5. 26

## 福人

福人行福地，闲倚石栏杆。
眼望湖山景，心如江海宽。

2023. 6. 12

## 池上吟

黄梅时节雨，打伞看荷花。
忽见珍珠落，风吹莲叶斜。

2023. 7. 8

## 观云

云团像老牛，俯首望神州。
不愿居天上，还思返故丘？

2023. 8. 19

## 新栽千日红喜着花

人活百年少，花开千日红。
窗前一枝艳，足以慰衰翁。

2023. 8. 29

## 即席

金桂飘香日,重逢在酒楼。
莫言烦恼事,且唱井湖秋。

2023. 9. 26

## 秋

枣栗满枝头,田园笑语稠。
喜逢收获季,何故却悲秋?

2023. 9. 26

## 笠帽山祭扫烈士墓

酹酒怀英烈,人人皆动容。
灵魂当不朽,化作漫山松。

2023. 9. 27

## 鸥

翩翩几只鸥,看去好闲悠。
湖面兜圈子,偷窥鱼出游。

2023. 9. 28

## 四位佳人览秋光

美人行水涯,江上白鸥斜。
纵览清秋景,心潮逐浪花。

2023. 10. 6

诗·五言绝句

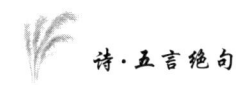

## 赠林茜老师

嘉木已成林，黄鹂啭好音。
春歌飘荡处，花艳白云岑。

2023. 10. 6

## 赠林国丽女士

喜爱山川景，游踪遍四陲。
为人颇豪爽，巾帼胜须眉。

2023. 10. 6

## 赠企业家吴红女士

佳人非等闲，气魄大于山。
彩凤乘风起，翱翔天地间。

2023. 10. 6

## 赠伍成义先生

时令届初冬，诗人聚五松。
畅谈歌咏事，论剑华山峰。

2023. 12. 6

## 菜农

一片绿葱葱，挥锄菜垄中。
汗抛冬月里，早日得春风。

2023. 12. 14

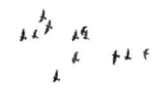

## 赠诗友肖习能

长怀一寸丹，踏雪冒风寒。
笑饮三杯酒，征途不下鞍。

2023. 12. 16

## 风雪中

天寒鸟不啼，大雪压枝低。
尚有农家女，桥头卖荸荠。

2023. 12. 18

## 梅花

不及桃花艳，哪如茉莉香。
令人称道处，一笑傲风霜。

2023. 12. 23

## 书法家下乡写春联

笔下龙蛇舞，春联副副嘉。
墨香飘里闲，福字送农家。

2024. 1. 17

## 陪同徐金喜等同志拜访王德余老先生

腊月访诗翁，吟坛一帜红。
涛声犹在耳，长忆鹄江东。

2024. 1. 28

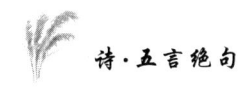

## 插花吟

吾亦爱吾家,栽花又插花。
诗书朝夕读,生活要升华。

2024. 2. 6

## 又养吊兰

一别几多春,重逢似故人。
纵然无话语,亦觉十分亲。

2024. 3. 19

## 长寿花

盆盆置客厅,片片叶儿青。
朵朵流光彩,年年伴寿星。

2024. 3. 19

## 访乡野文化棚

时令恰春分,鸟啼随处闻。
田家怀一梦,乡野乐耕耘。

2024. 3. 20

## 诗会即兴

湖水荡春波,诗朋笑语和。
相邀采风去,唱好五松歌。

2024. 3. 21

## 泊舟

风雨漫江干,扁舟泊港湾。
一朝红日出,再去看关山。

2024. 4. 19

## 小女植兰

一剪分春色,窗台植吊兰。
几场风雨后,新叶绿栏杆。

2024. 4. 20

## 黄昏

远山腾雾气,鸟雀叫喳喳。
倦倚栏杆上,湖边看晚霞。

2024. 4. 26

## 雨中行

黄昏步水涯,一伞雨沙沙。
尽管云烟罩,未妨诗思赊。

2024. 4. 28

## 冬瓜山铜矿汤菁女士陪同采风

陪同下深井,铜矿一枝花。
叮嘱安全事,爱心谁不夸?

2024. 5. 10

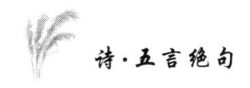

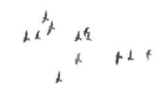

## 宴罢晚归

酒杯刚放下，挥别又登程。
远处歌声起，一弯山月明。

2024. 5. 13

## 题孙泓女士画作《虾》

颇知伸屈道，江海任遨游。
萍藻皆堪食，须防吞钓钩。

2024. 5. 13

## 祝贺王秋生同志加入中华诗词学会

灼灼榴花火，点燃诗客情。
青春重焕发，一路洒歌声。

2024. 5. 31

## 旧居前（二首）

### 一

朵朵如霜雪，浓香扑鼻来。
窗前栀子笑，迎接主人回。

## 二

一架豆花繁，风光在小园。
归来思念久，蝶影梦中翻。

2024．6．6

## 鹊江边（二首）

### 一

鹊水泛漪沦，江边草木新。
潮来潮又去，怀念涤衣人。

### 二

外滩杨柳树，昔日与妻栽。
手抚鳞鳞干，垂头默默哀。

2024．6．6

## 小水鸡

红冠头上戴，羽毛才长齐。
游来复游去，爱煞小东西。

2024．6．27

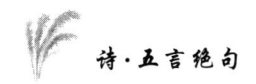

## 题画（三首）

### 一

山峰青历历，江水白茫茫。
请问划船者，归程是否长？

### 二

一支长橹摇，山险水迢迢。
寄语扁舟子，征途防暗礁。

### 三

他人忙碌碌，舟子却清闲。
一叶归何处？桃源有港湾。

2024．7．25

## 赠肖莹

芳洲肖女士，诗兴卷春涛。
一鹤乘风起，鸣声响九皋。

2024．7．26

## 肖莹宴请，席上作

赴宴小红门，欣然举酒樽。
乡音耳边绕，顿忆紫沙村。

2024．7．26

## 雷雨

暴雨若倾盆,更惊雷电奔。
途中行走者,可到自家门?

2024. 8. 13

## 小鸟

拂晓即离巢,枝头理羽毛。
将飞何处去?觅食亦辛劳。

2024. 8. 16

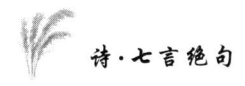

# 诗 · 七言绝句

## 归航

暮霭沉沉朔气寒,归巢鸦雀噪林间。
船头飞溅长江水,天外云埋半段山。

1967.3.17

## 江畔春晓

垂杨新绿鸟飞鸣,潮汛未来江水清。
晃动云霞洗衣女,棒槌起落响声声。

1967.3.18

## 艄公

狂风呼啸卷洪澜,险象环生若等闲。
全靠艄公操舵稳,扁舟一叶驾惊湍。

1967.3.20

## 江上怀古

奔腾万古历沧桑,击楫中流水浩茫。
淘尽英雄豪气在,男儿报国要图强。

1967.3.20

## 晨兴

东方既白露霞光，落月低悬鹊水湾。
鸟噪声中出工早，春耕时节莫偷闲。

1967. 4. 25

## 赴文兴洲

澄江如练抱村流，杨柳云屯遮小洲。
唤渡回声传两岸，滩头惊起一群鸥。

1967. 6. 28

## 慈母陪我扳罾

夜雾迷蒙冷月沉，流萤闪闪照江浔。
谋生日夜皆辛苦，愧对高堂泪湿襟。

1967. 7. 29

## 观车水

俩人车水慢悠悠，笑语声声荡碧畴。
眼看稻禾将孕穗，心田也有醴泉流。

1967. 9. 26

## 老父种菜

弯腰弓背握锄耰，担水施肥日日浇。
春种豆瓜秋种菜，旱烟一袋解疲劳。

1967. 10. 23

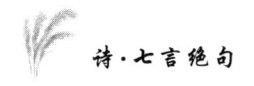

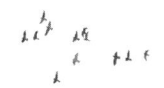

## 植桃

手植桃苗小院中，赏花应做护花工。
春风春雨多关爱，试看他年一树红。

1968. 1. 30

## 江畔纳凉

阵阵清风起浪花，隔林闻语是船家。
蜗庐燠热人难耐，愿仁江干待曙霞。

1968. 8. 10

## 闻江南有省城下放医生，为治父病而寻之

风雨凄凄野水滨，平畴举目苦迷津。
一心觅得回春术，救治长年卧病人。

1970. 4. 18

## 防汛

洲上年年忧大水，梆声响起使人愁。
风狂雨骤连天浪，万马千军守坝头。

1970. 7. 6

## 叶山泉水歌（二首）

### 一

叶山苍翠耸云天，天赐生灵一眼泉。
泉水潺潺碧如玉，玉泉环绕灌良田。

## 二

田里年年稻谷收，收成增长乐悠悠。
悠悠岁月如流水，水碧山青一曲讴。

1971. 4. 20

## 元宵醉归

元宵自造友人家，不赴长街看烟花。
醪过墙头情意厚，半酣归去月西斜。

1972. 3. 1

## 折荷

折得清波几朵红，斜斜插在玉瓶中。
可怜转瞬花枯萎，不似南塘笑夏风。

1974. 7. 31

## 阿舒

身系一方红肚兜，牧豚走到埂外头。
忽闻弟哭匆匆返，晃动摇篮忙不休。

1975. 4. 16

## 戏赠某君

潇洒风流正少年，鼓琴一曲小江边。
夜风暗送蟾宫去，逗得嫦娥乐九天。

1975. 6. 31

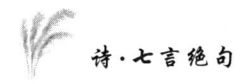

## 答秦新昌

五松山下雨萧疏，把盏频频话却无。
君问故人心底事，霜飞鬓角叹穷途。

1979. 3. 18

## 应邀赴有文兄家做客

一径横斜入小村，半园翠竹自成林。
君家住在桃源里，设宴相邀情意深。

1979. 4. 17

## 庚午年元日（四首）

### 一

每逢除夕人难寐，爆竹通宵远近闻。
蓬荜迎来新一岁，蒙蒙细雨落纷纷。

### 二

云开雨霁一川明，漫步沙堤望小汀。
未见鹅黄杨柳色，麦苗已发鸭头青。

### 三

少年心事未曾忘，老大无成倍感伤。
且读且耕聊度日，春风难改鬓边霜。

## 四

西走东奔日日忙，菰蒲难觅费思量。
妇孺何日能温饱？满腹忧愁问上苍。

1990．1．27

## 赠族兄菱湖子（三首）

谢乐三，号菱湖子，居无为县垅上，著有《沧桑集》等。丙子初秋，携志国侄访余。

### 一

风云变幻路艰难，参透人生眼界宽。
垂钓江头波浪静，抚琴一曲月光寒。

### 二

柳下风来一室凉，举杯相对话沧桑。
行吟垅上传佳作，春草萌生绿水塘。

### 三

村头送别泪涟涟，江北江南两地牵。
何日鹡鸰重聚首？与君相约杏花天。

1996．8．26

## 渡江遇风雨

骇浪鲸奔雨势狂，雷鸣电闪更惊惶。
人生历险常如是，化险为夷靠导航。

1997．7．28

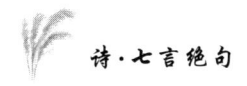

## 风雨晚归

风雨连江起浪花，暮云四合暗天涯。
艰难举步何方去？杨柳堤边有我家。

1997. 11. 27

## 秋夕

阴雨连绵事事慵，窗前枯坐目蒙眬。
秋声瑟瑟人惊起，独羡黄花傲晚风。

2000. 11. 15

## 蓼花

丛丛红艳照江滨，芦荻滩头鹭作邻。
不羡众芳居地利，但依云水保天真。

2000. 11. 16

## 感兴

年华常恨易蹉跎，尘海苍茫感慨多。
所幸还如江畔柳，清风起处亦婆娑。

2001. 9. 15

## 见垂榆有感

当生水涘断崖边，俯仰高低任自然。
何必故为披拂态，小园摇曳乞人怜。

2001. 9. 26

## 放风筝

二月春风放纸鸢，长长一线手中牵。
少年可有凌云志？欲驾飞船上九天。

2002. 3. 16

## 游观湖、临湖广场（三首）

### 一

改革赢来百业兴，风帆正发万千程。
铜陵八宝名遐迩，栽下梧桐引凤鸣。

### 二

垂柳荫中雨意浓，晴天何故雾蒙蒙？
原来水上喷泉出，万道珠光映碧空。

### 三

柳丝袅袅浪粼粼，湖上清风拂我身。
倘若青莲还在世，当同荀媪结芳邻。

2002. 10. 13

## 邓老、德余先生见访，为出版《涛声集》向余约稿

菊花吐艳傲西风，乌桕经霜叶半红。
扫径恭迎辞赋客，涛声欲起鹊江东。

2002. 11. 9

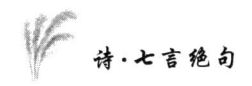

## 野菊

春风吹拂绿葱葱，秋色凭伊一笑浓。
造物有情无贵贱，花开花落任从容。

2002. 11. 10

## 喜见农家住宅楼

云开云聚远山丘，潮落潮生古渡头。
最是招人凝望处，绿杨荫里露崇楼。

2002. 11. 19

## 咏江村蜡梅（五首）
——谨步刘征先生《梅边漫兴》原韵

### 一

轻抹鹅黄作淡妆，几枝秀色院中藏。
游人不识缘何至，许是风飘一缕香。

### 二

风寒霜冷益清新，不惹游蜂偏惹人。
一睹冰姿频入梦，雄鸡啼彻岸边村。

### 三

徘徊终日竹篱边，一笑吴姬带醉看。
难怪孤山林处士，流连不上进城船。

四

大雪纷飞无际涯，凌寒怒放映农家。
无心独占春光首，欲引东风放百花。

五

负雪虬枝可破愁，骚人对景举金瓯。
赏梅更爱梅风骨，玉笛休吹百尺楼。

2003. 1. 23

## 山居人家

泉水旁边好结庐，心甘淡泊做农夫。
耘田归后无尘事，野蕨山肴酒一壶。

2003. 5. 13

## 闻鹧鸪鸣有感

小楫暂停杨柳岸，鹧鸪隐在树丛鸣。
他年待到归休日，垂钓烟波可养生。

2003. 8. 25

## 蹊边桃花

蹊畔草芽才泛绿，枝头灿灿已如霞。
可怜地僻游人少，遇得春风亦着花。

2004. 3. 21

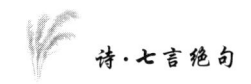

## 新辟小园

篱笆围起日挥锄，月夕风晨且自娱。
花送清香蔬可食，老来越发爱吾庐。

2004. 3. 31

## 鹊江垂钓

草木青青小渚香，菜花照影半江黄。
岸边闲立垂杨下，手执渔竿钓夕阳。

2004. 4. 7

## 浣衣女

荷叠青钱柳映塘，一泓春水碧汪汪。
惊飞宿鸟缘何事？早起村姑浣洗忙。

2004. 4. 22

## 途中闻鹁鸪

日日骑车赶路程，辛辛苦苦为谋生。
鹁鸪似解行人意，啼雨啼风似有情。

2004. 4. 26

## 芍药

乍开还闭立风前，浓抹胭脂分外鲜。
若映南塘菱荇水，风姿绰约胜红莲。

2004. 4. 29

## 插秧歌

长冲十里树笼烟，布谷催耕三月天。
春雨一犁天作美，山歌唱绿满川田。

2004. 5. 2

## 白荷

绿叶如云映白荷，香风淡淡漾清波。
丰姿本是灵根育，不屑浓妆作秀多。

2004. 6. 29

## 棉区组歌（五首）

### 一、春播

菜花未尽柳花飞，万户千门锁夕晖。
绿野时时腾笑语，却惊宿鸟晚巢归。

### 二、即景

花白花红万朵开，蜂飞蝶舞共徘徊。
棉田似海无边绿，一阵清风嫩浪来。

### 三、田管

锄草施肥又整枝，辛劳要数治虫时。
一心只把丰收盼，早早出工休息迟。

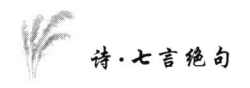

### 四、拾棉

天道酬勤雨水匀，炸铃吐絮近秋分。
妇姑竟日忙田里，巧手枝头拾白云。

### 五、赶集

新棉售罢乐开怀，家事闲忙自主裁。
少妇相邀街市去，飞驰摩托荡尘埃。

2004. 9. 26

## 重访泉塘

一道清泉碧涧流，翠篁摇曳小村幽。
重来故地疑仙境，傍水依山起画楼。

2004. 11. 19

## 铜陵市诗词学会第五届会员代表大会即兴

谪仙回袖唱山中，薪火相传一脉通。
旧韵翻成新气象，百花吐艳笑春风。

2004. 12. 2

## 风雪途中

朔风吹送雁行斜，沙路逶迤野水涯。
莫道征途辛苦事，却将飞雪当杨花。

2004. 12. 28

## 杨柳

路畔村头傍水生，婆娑起舞似相迎。
一从识得临风韵，梦里常牵不了情。

2005．1．12

## 做客夜归

小路蜿蜒夜气凉，风吹田野豆花香。
虫声唧唧人初静，宿鸟惊飞月似霜。

2005．2．17

## 雨中小园

叶尖滴水声声响，蝶翅沾潮缓缓飞。
梦醒凭窗闲望久，葡萄架畔雨霏微。

2005．5．14

## 执教三十年感赋

一蓑风雨鹊江旁，桃李栽培岁岁忙。
回首行程如一梦，青丝已着九秋霜。

2005．10．28

## 江干口占

江畔悠然独自行，荻花风起舞轻盈。
倦时小坐沙滩上，点点波光落照明。

2005．11．2

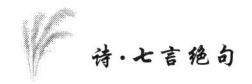

## 咏菊（二首）

### 一

西风旧圃着花迟，犹梦东篱采撷时。
若问陶公何独爱，只因生有傲霜枝。

### 二

几经风雨未生愁，点缀江村一派秋。
蜂蝶难侵香蕊冷，冰清玉洁最风流。

2005. 11. 5

## 江畔行吟

征鸿消失远方云，潮退沙滩露浪痕。
敲韵江头无应和，清风流水伴晨昏。

2005. 11. 7

## 携孙闲游

林疏烟淡雁南飞，江水粼粼映夕晖。
小雨初晴沙路净，顽童伴我踏歌归。

2005. 11. 9

## 停航之舟

楫折樯倾靠岸旁，犹怀江海水茫茫。
何时待到春潮起，重整云帆再远航。

2005. 11. 22

## 不寐听潮

梅子黄时雨暗村，夜深难寐一灯昏。
纷纭往事来心上，仿佛鹊江潮水奔。

2005. 12. 1

## 赠吟兄王德余（三首）

### 一

造化于人亦不公，图南垂翅做诗翁。
沧桑历尽豪情在，秋实生成大野风。

### 二

频频相约复相迎，击节高歌意纵横。
握别晚霞情切切，河梁嘱我小心行。

### 三

暮云春树梦魂驰，老屋梅花又缀枝。
闹市红尘高万丈，徜徉可似小村时？

2005. 12. 27

## 陌上怀旧

野径徐行觅旧踪，尘寰过客苦匆匆。
万千往事烟云散，但见长天远去鸿。

2006. 1. 16

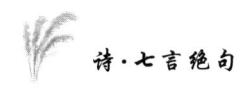

## 赠邓老秀山先生（四首）

### 一

曾理乡村百万财，毫厘不爽叹奇哉。
先生岂是精珠算？两袖清风不染埃。

### 二

几树梅花岁岁繁，芭蕉映绿读书轩。
鸟啼一梦醒来早，却荷银锄涉小园。

### 三

鹤寿松龄善养生，登山临水可怡情。
偶然拾得天然趣，化作辞章分外清。

### 四

不仅诗词造诣深，根雕作品亦传神。
拜师但恨为时晚，从此抽闲访老人。

2006．2．15

## 柳絮（二首）

### 一

纷飞似雪暮春时，散入南园傍竹篱。
惜与东风同逝去，相逢还待一年期。

## 二

漫天飞舞忽高低，春雨潇潇半入泥。
莫叹今朝埋倩影，来年嫩柳绿江堤。

2006．4．7

## 天井湖即兴

山色湖光柳岸风，亭台楼阁夺天工。
铜都美景如何画？大笔当调七彩虹。

2006．5．6

## 夏收即事

塑膜铺场镜面光，连枷挥动笑声扬。
油坊就在村头处，一榨风飘十里香。

2006．5．21

## 赞免征农业税

惠及"三农"好主张，蠲除田赋破天荒。
风云际会春潮涌，九域同心建小康。

2006．8．2

## 秋收时节

江洲一派好风光，棉白如银豆正黄。
更喜村村通马路，车来车去运输忙。

2006．9．22

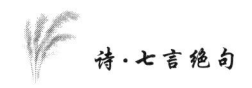

## 茉莉含苞，购而莳之

炎州绿女半含羞，朱夏移居鹊岸头。
谱入管弦歌一曲，天涯传遍最风流。

2006. 9. 28

## 拾棉时节

遍地棉花遍地星，赶忙采摘趁天晴。
辛劳最数农家妇，炊熟早餐天未明。

2006. 9. 30

## 中秋赏月，步东坡韵

月光如水觉微寒，几盏清茶一果盘。
但愿亲人相聚久，婵娟岁岁共同看。

2006. 10. 6

## 悼念族兄菱湖子

捧读遗篇自怆然，花开重见已无缘。
柔毫曾写惊人句，一卷《沧桑》万代传。

2006. 10. 9

## 竹（二首）

### 一

节节高升看竹笋，几经春雨即成林。
出山可做千般用，不负栽培一片心。

## 二

劲节虚怀挺拔身，深冬更见耐寒心。
谁人识得柯亭竹？怅望千秋感慨深。

2006. 10. 26

## 蜡梅

虬枝苍劲横窗外，香气清幽透室中。
寂寞拥炉风渐紧，寒梅傲雪慰衰翁。

2007. 1. 13

## 樱桃花

胭脂淡着匠心裁，一树繁花岁首开。
恰似民间归省女，春风满面拜年来。

2007. 2. 28

## 陌上即景

鸣禽翔集意杨林，油菜花繁满地金。
十里江洲胜诗画，闲行陌上好歌吟。

2007. 3. 28

## 送小孙谢祺上学途中作

柳渐成荫春渐深，菜花遮路拂衣襟。
小童信口吹芦哨，触动老翁怀旧心。

2007. 3. 28

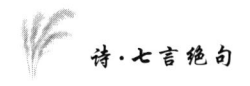

## 江岸闲眺

渡船往返送行人,春汛初来水半浑。
农舍参差烟树里,如诗如画岸边村。

2007.4.2

## 迎小孙放学归

夕阳西下晚餐时,孩子未归心犯疑。
迎到村头频眺望,哨音一路顺风吹。

2007.4.16

## 小女志远住宅即景

日出红霞辉碧宇,风生绿苇拂回塘。
晨兴楼上凭栏望,耳畔莺啼似鼓簧。

2007.4.20

## 春游江南

山坡时见杜鹃红,溪草青青摇暖风。
浪漫春光尽情赏,闲云自在任西东。

2007.4.20

## 赏芍药有感

二月凄风苦雨稠,争春红杏瞬间收。
不如芍药迟开好,一派风光在后头。

2007.4.28

## 江上吟（二首）

### 一

芳草萋萋两岸青，江流远望与天平。
白鸥常逐风帆舞，似为航船作送行。

### 二

飞燕轻灵掠水滨，渡头不见旧时人。
匆匆俱是红尘客，江草江花岁岁春。

2007．5．3

## 纳凉（二首）

### 一

盛夏蜩鸣白昼长，骄阳似火热难当。
今生有幸江边住，林下风清好纳凉。

### 二

杌子携来坐岸边，悠然自得望江天。
白鸥几只迎风舞，垂柳丝长拂碧涟。

2007．6．27

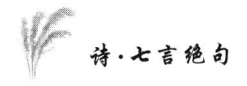

## 天井湖（二首）

### 一

天光云影逐波流，湖上鸥飞一境幽。
泉涌时时添活水，人疑井底有潜虬。

### 二

湖光山色两相宜，万缕垂杨拂水低。
入夜灯光星闪烁，游人自在步长堤。

2007．7．6

## 垂钓

黄梅天气雨连绵，手把渔竿立水边。
钓得银鳞归去晚，一壶浊酒曲肱眠。

2007．7．15

## 北湖

小堤涨断漾春波，湖畔楼台日渐多。
闹市还余幽静处，有人看鸭又看鹅。

2007．7．18

## 城关新居宴客

天公知我邀佳客，故降甘霖送晚凉。
相别时多相聚少，且凭杯酒话沧桑。

2007．8．15

## 小江晚景

一弯新月冷清清，两岸村庄暮霭横。
汽艇忽来如箭去，惊涛扑岸似雷鸣。

2007. 10. 20

## 米兰

小花如粟透金黄，一阵清风一阵香。
绿在阳台生暖意，寒冬仿佛见春光。

2007. 12. 12

## 雪落五松

玉絮纷纷落五松，行人步履急匆匆。
铲除积雪开通路，当谢辛勤环卫工。

2008. 1. 17

## 北湖解冻

雪压冰封百亩湖，鱼龙寂寞白鸥无。
青阳一至东风拂，荡起涟漪又复苏。

2008. 3. 1

## 晚钓

小桥一曲投虹影，细荻几枝摇浪花。
日落西崦天色晚，临风依旧钓竿斜。

2008. 3. 25

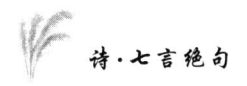

## 野塘

小丘西侧石桥东，池水清清漾苇丛。
鸂鶒飞来休打扰，由它嬉戏逐春风。

2008. 4. 18

## 与内子垦荒种菜（五首）

### 一

尽芟杂树与蓬蒿，桥畔开荒不畏劳。
菜圃几畦临碧水，从今一日去三遭。

### 二

蒙蒙春雨细如烟，紫苋萌芽冒嫩尖。
更喜茄秧生气足，转青叶上水珠沾。

### 三

茄花红艳豆花繁，上架丝瓜引蔓长。
蜂蝶穿梭添热闹，游人停步赏风光。

### 四

碰落叶尖朝露珠，小园日涉似当初。
城居未改乡居习，早起提篮摘菜蔬。

五

青枝绿叶蔽畦沟，天道酬勤有盼头。
待到金秋毛豆熟，珍珠粒粒庆丰收。

2008. 5. 26

## 夏夜湖滨漫步

新居地处小城东，信步湖边有好风。
爱上桥头凭栏望，水中灯影落霓虹。

2008. 6. 7

## 北湖桥（二首）

一

闲来独倚北湖桥，月下忽闻吹玉箫。
牵动乡愁千万缕，心潮起伏似春潮。

二

栏杆光滑似琼瑶，花卉如生巧匠雕。
寄语行人当爱惜，桥梁本是汗珠浇。

2008. 6. 27

## 回故乡

入城每梦小江村，故土难忘养育恩。
今返旧居生感慨，一庭野草夹苔痕。

2008. 7. 5

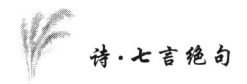

## 喜看北京奥运会（四首）

### 一

梦圆今夕乐开怀，幕启"鸟巢"宾客来。
焰火腾空星雨落，缶声震地赛春雷。

### 二

《春江》一曲有风情，画卷铺开气象生。
太极神奇通造化，令人惊叹古文明。

### 三

虎跃龙腾争上游，五环旗下显风流。
赛场万众呼声急，不夺金牌誓不休。

### 四

奥运累累硕果收，竞争对手亦朋俦。
今宵欢聚明朝别，友谊花开五大洲。

2008．8．24

## 秋夜漫步

华灯素月互争辉，漫步街头风飏衣。
桂子飘香天气爽，流连夜景总迟归。

2008．9．8

## 新正看戏（二首）

### 一

艳阳一出痴云散，暖意渐生春又回。
天井湖边丝竹动，连台好戏看黄梅。

### 二

轻舒广袖舞蹁跹，一笑一颦皆可怜。
唱到悲欢离合处，几多看客泪涟涟。

2009. 2. 14

## 暮春

山南山北鹁鸪啼，久雨初晴涨小溪。
又是一年春事晚，落红狼藉草萋萋。

2009. 3. 28

## 暮春回旧居

空阶旧壁绿苔侵，小院荒凉野草深。
红药自开还自落，鸟啼声歇静悄悄。

2009. 3. 28

## 荷塘

南塘莲叶碧参差，出水芙蓉才几枝。
更映晴云流动影，偶然路过看多时。

2009. 6. 3

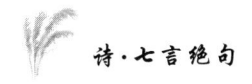

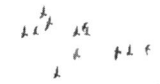

## 题天井湖畔李白塑像

伫立湖滨春复秋，金樽高举独风流。
抬头遥望山城景，一扫平生万古愁。

2009. 7. 6

## 题天井湖畔苏、黄塑像

塑像造型为东坡坐，鲁直立，做交谈状。

羽扇纶巾意态闲，漫游小憩井湖边。
互相斟酌诗中语，欲写铜都锦绣篇。

2009. 7. 6

## 己丑年六月初一日全食

人人惊讶举头看，苍昊无光令胆寒。
白昼顿时成黑夜，千年一遇叹奇观。

2009. 7. 22

## 故乡小住又别

来时欢乐别时愁，故土生涯六十秋。
多少前尘犹历历，不禁一步一回头。

2009. 8. 23

## 次韵奉和邓老秀山先生咏柳诗（四首）

### 一、春柳

万株杨柳傍长堤，掩映春江烟水迷。
朝夕时从林下过，垂丝袅袅拂人衣。

### 二、夏柳

叶密枝繁翠幕张，炎天不必畏骄阳。
蝉声一歇江边静，风入深林更觉凉。

### 三、秋柳

纷纷黄叶下霜林，月挂枝梢亮似金。
疏柳淡烟堪入画，归鸦几点暮江昏。

### 四、冬柳

冻枝已孕叶胚胎，未吐鹅黄伴蜡梅。
但等冰融春气动，临风招引百花开。

2009.9.28

## 胥坝教育工会组织退休教师游黄山（四首）

### 一、车行高速公路

车行高速快如梭，一路风光一路歌。
久别重逢言不尽，今朝结伴访山河。

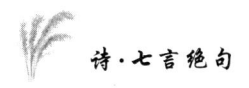

## 二、瞻仰棠樾牌坊

牌坊群立势巍峨，字迹依稀风雨磨。
乐善好施人共仰，事亲至孝更当歌。

## 三、访屯溪老街

细看老街君莫催，雕梁曾染旧时埃。
凭栏顿有沧桑感，何日随缘再度来？

## 四、歙砚

购自山边小店中，一方歙砚忒玲珑。
羊毫日蘸松烟墨，莫负匠人雕琢工。

2009. 10. 29

# 莲蓬

莲娃摘剩老塘中，摇落寒秋一浦风。
却把苦心埋水底，来年吐作藕花红。

2009. 10. 30

# 城市拾荒者

四处奔波去拾荒，不辞辛苦不嫌脏。
谋生之道凭劳动，休管他人说短长。

2010. 1. 4

## 红手印（二首）

### 一

三留沈浩意殷殷，手印鲜红泣鬼神。
小岗为何情义重？只缘公仆爱人民。

### 二

鞠躬尽瘁见忠诚，手印饱含难舍情。
从政人人如沈浩，何忧腐败暗中生！

2010. 1. 24

## 新正漫步偶成

连绵雨雪乍天晴，柳未抽芽草未生。
忽觉春光已萌动，儿童嬉闹放风筝。

2010. 2. 20

## 夜宿姚家套旧居

街市灯繁星月暗，哪如乡下夜空明？
江风已透春消息，时有蛙鸣一两声。

2010. 3. 14

## 携外孙王科郊游

小桃吐艳柳新妆，油菜花黄风也香。
日暖时时闻鸟语，携童漫步醉春光。

2010. 3. 22

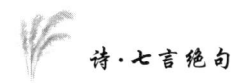

## 江南水乡

石桥横跨利行人,花水初生二月春。
河岸高楼连栋起,乡村面貌焕然新。

2010. 4. 4

## 马仁峰上(三首)

### 一

仲春登上马仁峰,遥想当年烽火红。
激战繁昌歼日寇,名垂青史赞英雄。

### 二

佛门弟子撞洪钟,袅袅余音散晓风。
听罢不知能醒否,人生来去手空空。

### 三

峰巅小憩倚青松,古寺烟村一望中。
赏景顿忘烦恼事,披襟好纳快哉风。

2010. 4. 17

## 马仁山怀古

结庐归隐旧时贤,遗迹早埋林壑烟。
今日登临空怅望,漫山滴翠倍流连。

2010. 4. 24

## 看小孩耍滑板

双轮飞滑带风声，如燕穿梭任意行。
小技之中藏大道，不偏不倚善平衡。

2010．7．2

## 苦夏

盛夏山城炎热殊，腾腾暑气烫肌肤。
高楼林立绿荫少，更忆故乡江岸庐。

2010．8．14

## 修鞋工

街头摆放补鞋摊，换底修帮即可穿。
挣得工钱养家口，他人满意自欣然。

2010．11．9

## 环卫工

日挥扫帚又推车，夜借灯光朝借霞。
但愿人人守公德，长街保洁不需夸。

2010．11．10

## 王科八岁生日

烛影摇红照蛋糕，寿星喜色上眉梢。
凝神默许心中愿，虽是儿童莫小瞧。

2010．11．11

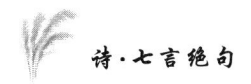

## 篆刻师陈佑生

篆刻生涯几十春，一支铁笔妙无伦。
刊成石印皆称好，顾客纷纷求老陈。

2010. 11. 24

## 夜梦鹄江

鹄水奔流梦境中，渔歌帆影落霞红。
当年游泳能横渡，堪叹如今成老翁。

2010. 12. 13

## 姚家套（二首）

### 一

南濒鹄水北连田，村落人家百户烟。
世代辛勤耕垄亩，一年生计靠粮棉。

### 二

故乡一别已多年，重访江村感变迁。
儿女打工城里去，老人留守自耕田。

2010. 12. 16

## 红梅

点点绯红满树头，行经花下爱停留。
平生心折梅风骨，笑对冰霜未见愁。

2011. 1. 14

## 观水仙有感

一盆清水几颗砂，便是凌波仙子家。
可叹时人不知足，雕梁画栋竞奢华。

2011. 2. 8

## 怀旧

垂杨袅袅水悠悠，今日重来故地游。
回首当年空叹息，韶华已逝梦长留。

2011. 3. 8

## 清明扫墓

圩田又见菜花黄，走过犁桥上小冈。
父母坟前三叩首，老来祭扫更悲伤。

2011. 4. 5

## 紫藤架下

一架藤萝绿瀑悬，紫花串串惹人怜。
进城翁媪怀乡土，闲坐凉棚话种田。

2011. 4. 12

## 闻布谷啼有怀故里

樟树花开香气清，林荫道上爱闲行。
忽闻布谷催耕种，心系家园百感生。

2011. 4. 29

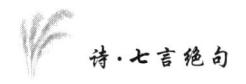

## 春池

春深杨柳亚青枝，弱不禁风点碧池。
倩影波光齐荡漾，美于图画胜于诗。

2011. 5. 18

## 江南人家

溪流清澈泛涟漪，岸上垂杨挂绿丝。
农舍多依堤畔筑，菜园插槿作藩篱。

2011. 5. 18

## 题江南文化园童雕（五首）

### 一、金玉满堂

敲锣打鼓好欢腾，更有临风一笛横。
借问群童何事乐？小康日子渐丰盈。

### 二、恭贺新禧

肩扛伙伴手提灯，爆竹声声响不停。
天井湖边吹唢呐，春风一夜满铜陵。

### 三、放炮仗

点燃炮仗兴冲冲，同伴急将双耳蒙。
春节人人皆快乐，当中最乐数儿童。

### 四、踢毽子

难得空闲兴趣生，二童踢毽比输赢。
温驯小犬旁边立，雕塑无言却有情。

### 五、跳马

俯首弯腰乐奉陪，青梅竹马两无猜。
小丫借得支撑点，雏燕凌空飞起来。

2011．8．11

## 忆姚家套与北埂畔两村庄

鸡犬相闻隔水邻，小船摆渡往来频。
东风吹绿江边树，两岸春光最动人。

2011．9．26

## 游贵池杏花村

昔日牧童遥指处，沧桑巨变历千秋。
樊川一首《清明》曲，直到如今唱未休。

2011．10．20

## 夜渔

皓月当空夜气清，村原入梦悄无声。
谁知尚有辛劳者，一盏渔灯江上明。

2011．12．26

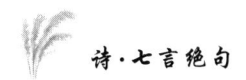

## 新正走亲戚

人头攒动码头喧,汽笛长鸣来渡船。
登上江洲杨柳岸,笑乘的士到门前。

2012．2．2

## 丁洲江边怀古

　　南宋著名诗人杨万里,曾因舟行阻风在此逗留,并赋诗三首,歌咏当地风光。

耐心候渡立江干,此处曾停骚客船。
恰好一时风不顺,丁洲有幸入诗篇。

2012．2．10

## 思念故乡

又见风吹绿柳斜,大田油菜定开花。
小村旧事频频梦,人在异乡思老家。

2012．3．23

## 见游客拍风景照戏咏

湖边草绿百花稠,垂柳迎风分外柔。
游客何须频拍照,春光最好贮心头。

2012．4．3

## 春风

青山处处杜鹃红,小鸟欢歌跃树丛。
驱尽余寒送温暖,人间大爱是春风。

2012. 4. 26

## 杜鹃花开

蜂蝶流连红杜鹃,无人不醉此花前。
东君挥舞神奇笔,画出江南三月天。

2012. 4. 27

## 浮山一日游(十首)

### 一、初过铜陵长江大桥

脚踏长虹颇自豪,沧桑巨变看今朝。
往来百舸争流急,心与大川同涨潮。

### 二、枞阳三夏

油菜开镰小麦黄,圩田见绿正栽秧。
扬鞭吆喝耕牛走,四月乡村人倍忙。

### 三、火山遗址

远古浮山是火山,至今崖壁赤如丹。
奇峰怪石森森立,洞穴幽深令胆寒。

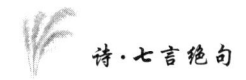

## 四、浮山传奇

石刻"烂柯"东野题①，浮山故事颇神奇。
一棋折服滁州守②，老衲原来是大师。

## 五、从九曲洞登佛寺

岩洞幽幽九拐弯，行经隘处缩双肩。
天光忽现登兰若，弃暗投明可悟禅。

## 六、千年银杏

高僧手植庙门前，拔地凌云欲接天。
长在深山无用处，免遭砍伐享天年。

## 七、滴水洞

一线天光石洞深，山泉跌落发清音。
世人欲扫胸中垢，何不前来洗洗心③？

## 八、云漫浮山

峰巅俯瞰值阴天，但见浮山浮大川。
惊问导游伊一笑，原来岭下漫云烟。

## 九、浮山印象

摩崖石刻昔人留，寺观多依地势修。
岩洞神奇随处见，浮山今日不虚游。

## 十、名山与名人

自古名山翰墨香，山中灵气化文章。

八方高士山中集，更把山名四海扬。

注：①相传古时有一村童在浮山打柴，见两位老者下棋，一局未终，其斧柄已烂。后人建亭纪念此事。石刻"烂柯亭"三字，据说为孟郊所题。孟郊，字东野，唐代诗人。

②欧阳修在滁州做太守时曾来浮山。会圣寺住持远禄大师因棋说法，使欧阳修折服。从此，他深信佛法。

③滴水洞内有"洗心处"石刻，系明朝桐城县令黎道炤所题。

2012. 5. 25

## 景海鹏、刘旺、刘洋三名宇航员，在天宫一号舱内向祖国人民和全球华人致以节日问候

茫茫广宇任翱翔，忽念人间粽子香。

遥祝同胞佳节乐，今朝天上过端阳。

2012. 6. 23

## 做客夜归

小径幽幽纵复横，禾香细细夜风轻。

四周沉寂无灯火，明月多情伴我行。

2012. 7. 12

## 荷塘即景

天井湖边小岛前，荷塘垂钓信悠然。

忽来一阵沙沙雨，叶面珍珠粒粒圆。

2012. 7. 14

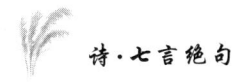

## 外孙王科

虎头虎脑惹疼爱，心地善良乖小孩。
一捧诗书忘早晚，都夸他有咏鹅才。

2012. 7. 22

## 中秋望月

遥望江洲迷月光，荒园金粟自芬芳。
万千往事来心底，人在他乡思故乡。

2012. 9. 30

## 听翁媪唱《柳堡的故事》插曲

湖上凉亭奏管弦，又闻《九九艳阳天》。
沧桑历尽人生老，一曲深情忆少年。

2012. 10. 1

## 竹林

千竿玉竹碧森森，百鸟栖居送好音。
忽地山风呼啸过，顿时万壑起龙吟。

2012. 10. 10

## 绩溪、旌德一日游（三首）

### 一、旅途

初访绩溪游兴浓，粉墙黛瓦是徽风。
秋深依旧群山翠，时见村头柿子红。

## 二、龙川

依山傍水好居家，进士之村举世夸。
更有抗倭胡少保，首标钓岛属中华。

## 三、江村

绕村溪水响泠泠，如颂英雄江上青。
代有英才相继出，群星璀璨耀门庭。

2012. 10. 26

## 摆地摊小贩

摆摊小贩守清风，冻得手皴双颊红。
秋水望穿无顾客，路人各自走匆匆。

2012. 10. 30

## 棕榈

闲望平湖倚小桥，岸边花草已萧条。
棕榈不惧霜风冷，犹自轻轻把扇摇。

2012. 12. 4

## 铜胥公路通公交车喜赋

发展公交众口夸，沿途惠及万千家。
小江飞架长虹日，一路畅通回紫沙。

2012. 12. 30

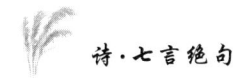

## 老牛

春雪消融野水清，老牛啃草草初生。
一冬歇息长期累，转眼农田又要耕。

2013. 2. 22

## 陈丰圩上望故里

枯草丛中青草生，疏林一带鸟飞鸣。
隔江辨认姚家套，烟雾朦胧看不清。

2013. 2. 22

## 城居老农

本是江洲一老农，晚年入住县城中。
平生习惯终难改，却买花盆种小葱。

2013. 3. 10

## 海棠

含笑春风醉态嘉，谁人不爱海棠花？
夜深梦入芳丛里，万朵红云一片霞。

2013. 3. 11

## 老农

菜花灿灿麦苗风，粉蝶乱飞田野中。
侍弄稼禾如刺绣，收工常到夕阳红。

2013. 3. 18

## 品茶

一缕晨光照进家,烧壶开水沏春芽。
苦中略带甜滋味,欲说人生请品茶。

2013. 5. 22

## 太空授课

二〇一三年六月二十日,"神十"航天员王亚平在天宫一号中成功地进行了此项实验。

天宫讲学亦从容,实验新奇好启蒙。
寄意少年多努力,人生逐梦上星空。

2013. 6. 20

## 在何俊亮家借宿(二首)

### 一

旧居到处是灰尘,卧具不全难住人。
借宿何须犯踌躇,远亲哪及昔时邻?

### 二

难眠总是盼天明,鹊水风涛枕上听。
无月无星窗外黑,微光闪闪是流萤。

2013. 6. 23

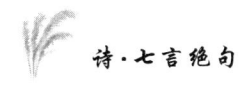

## 天井湖即景

鸟影蝉声天井湖,波平如镜白云浮。
恨无一管生花笔,好写风光成画图。

2013. 7. 18

## 月夜独行

一片灯光与月光,湖边弥漫桂花香。
无心欣赏良宵景,但觉秋风分外凉。

2013. 9. 17

## 重访杏花村(三首)

### 一

金秋时节访池阳,万亩良田晚稻黄。
个个儿童皆上学,草滩不见放牛郎。

### 二

山林葱翠水悠悠,又到杏花村里游。
一曲《清明》成绝唱,令人难和暗生愁。

### 三

当过京官守过州,维扬一梦说风流。
经纶满腹才情好,可惜终生志未酬。

2013. 9. 22

## 池阳吊华岳[①]

廷试当年曾夺魁，为人豪爽且多才。
思乡何不早归去？鹤唳华亭千古哀。

注：①华岳，贵池人，宋代武状元，后遭奸相史弥远迫害，被杖毙于临安东市。他工诗善画，有《翠微南征录》传世。其诗多次流露出怀乡思归之意。

2013. 9. 22

## 游览太湖县中华五千年文博园

走进中华文博园，一天穿越五千年。
久分必合成趋势，公认炎黄是祖先。

2013. 10. 13

## 顺道回故居

西风吹老绿杨枝，鹊水奔流似旧时。
六十春秋江畔住，停留片刻慰相思。

2013. 10. 18

## 读黄修芝先生深圳新作

游子长怀故土情，海涛声里忆江声。
诗家不吐寻常语，一咏能教四座惊。

2013. 10. 24

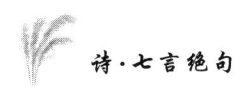

## 戏作

一丘一壑看多时，一径一人归去迟。
一桌一灯深夜读，一生一梦是吟诗。

2013. 11. 19

## 有感

黄金本是洪炉炼，白璧曾经万遍磨。
苦难从来堪励志，劝君何必叹蹉跎。

2014. 1. 4

## 依韵和沈光明先生见赠

海滩拾贝老顽童，检点行囊大半空。
欲采珊瑚邀胜友，驾舟好趁一帆风。

2014. 1. 28

## 小聚蓝梦湾酒家

乘兴又来蓝梦湾，一帘春雨响潺潺。
桑榆但做开心事，莫叹身衰两鬓斑。

2014. 2. 25

## 春游天井湖（二首）

### 一

湖畔垂柳才吐青，群芳酣睡未苏醒。
身穿棉袄稍嫌热，何处莺啼驻足听。

### 二

踏青身倦坐堤坡，时见银鳞跃碧波。
鸟唱树林风动竹，欲师天籁作诗歌。

2014. 3. 16

## 桃花

一树桃花烂漫开，恐遭风雨落尘埃。
老人更把芳菲惜，且趁天晴日日来。

2014. 3. 20

## 沿船沟渡口即景

渡口风光令我迷，春阳温暖草萋萋。
一条鹊水流光彩，两岸树林飞鸟啼。

2014. 3. 23

## 仲春回故乡

三月下旬回故乡，麦苗碧绿菜花黄。
一声问候心中暖，几碟春蔬格外香。

2014. 3. 23

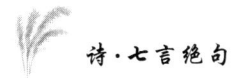

## 梨花

难怪将她比太真,一枝带雨倍清新。
万花最数梨花白,更结香梨惠世人。

2014. 3. 30

## 牡丹

开遍山丘艳若霞,目迷心醉牡丹花。
忽然一阵云烟过,疑是仙姬披縠纱。

2014. 4. 3

## 题画诗(二首)

### 一、花好月圆

微波荡漾映天光,荷叶轻摇夜气香。
锦鲤未依萍藻憩,却追月影戏莲塘。

### 二、桃源仙境

茫茫云雾漫山峰,寺观半藏林木中。
或憩或游皆惬意,人居仙境乐无穷。

2014. 4. 19

## 游翠湖公园

几点荷钱浮碧池,落红狼藉暮春时。
满怀愁绪难排遣,独自低吟杨柳枝。

2014. 4. 20

## 老同学重逢

久别重逢开盛筵,同窗友谊暖心田。
停杯争说从前事,仿佛今朝又少年。

2014.7.7

## 城居感怀

七十春秋弹指间,不知不觉鬓毛斑。
已随儿女城中住,夜梦仍居鹊水湾。

2014.7.11

## 初游铜陵滨江生态公园(二首)

### 一

雨停风小柳条垂,江景迷人不愿归。
无数蜻蜓似相识,伴随一路绕吾飞。

### 二

江边远望姚家套,雾气蒙蒙辨不清。
且嘱滔滔东逝水,顺流捎去恋乡情。

2014.7.25

## 春山吟

漫山草木浴晴晖,蜂蝶寻花四处飞。
鸟语泉声相应和,春来万物有生机。

2014.7.28

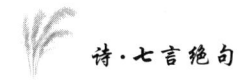

## 闻鲁甸地震后建成板房小学感赋

及时筑就百间棚,见证大军关爱情。
不是今朝逢盛世,焉闻劫后读书声?

2014. 8. 13

## 南陵怀古(二首)

### 一

南陵初到问乡人,太白曾居何处村?
难觅遗踪心怅惘,朝山一拜悼诗魂。

### 二

佳人何故倚江楼?触动樊川行役愁。
红袖临风或无意,南陵有幸入清讴。

2014. 8. 24

## 咏铜陵滨江生态公园诸景点(六首)

### 一、鹊江花月

朝朝暮暮鹊江旁,目送轮船天际航。
月照微波光闪烁,风摇花草满园香。

### 二、金滩夕照

沙滩漫步沐清风,手握渔竿立钓翁。
几对野凫戏水面,夕阳映得半江红。

### 三、江风渔火

云烟弥漫水茫茫，渔火漂移几点光。
伫立岸边观夜景，江风习习送清凉。

### 四、水天绿洲

江天一色近中秋，树木苍苍是老洲。
游览风光佳丽地，流连忘返乐悠悠。

### 五、银屏水阔

天长水阔鸟飞旋，浪涌银屏多壮观。
一叶渔舟收网后，黄昏驶向荻芦滩。

### 六、健康步道

日日步行能健身，舒筋活血长精神。
民生改善民安乐，个个可成长寿人。

2014．8．29

## 桃花潭怀古（二首）

### 一

踏歌相送是汪伦，潭水虽深情更深。
一首赠诗无限意，千秋佳话动人心。

## 二

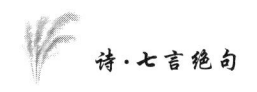

交友不分官与民，唯求彼此感情真。
赤诚相待何其少，青弋江边思古人。

2014．10．12

### 桃花潭畔购笔赠阿科

买支毛笔赠贤孙，礼物虽轻表寸心。
吃得临池学书苦，何愁造诣不精深？

2014．10．12

### 题桃花潭边所摄小照

桃花潭水久闻名，一曲骊歌倍有情。
伫立渡头思往事，秋风初起弋江清。

2014．10．12

### 午后游敬亭山

难怪诗人爱敬亭，层林叠翠谷风清。
今游可惜为时短，转眼之间暮霭生。

2014．10．12

### 访黄义文农庄

秋收过后访农庄，大厦朝阳忒亮堂。
细嚼花生顿时悟，乡村日月十分香。

2014．12．13

## 茶花

品评花卉说纷纭，菊逸兰幽莲最纯。
吾觉山茶尤可爱，冲寒一笑忒精神。

2015. 1. 24

## 学友欢聚

笑语喧哗聚酒楼，回眸往事兴悠悠。
心中仍有豪情在，相顾何须叹白头？

2015. 3. 28

## 清明遥祭先严先慈

乙未清明天地昏，雷鸣电闪雨倾盆。
心香一炷遥遥祭，年老尤怀父母恩。

2015. 4. 5

## 烟雨江南

春鸠啼雨又啼风，花鸭成群戏水中。
草木葱茏禾稼长，村原一片绿蒙蒙。

2015. 4. 6

## 文竹

纤枝纤叶惜伶仃，如竹如松一钵青。
灯下抛书抬倦眼，无言相对亦温馨。

2015. 4. 7

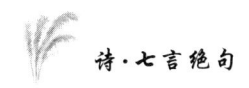

## 旧居小院

小院荒芜亦可观,树头新绿鸟飞还。
一丛芍药生红蕾,欲向春风展笑颜。

2015. 4. 10

## 村中所见

村中很少见鸡豚,外出务工多锁门。
留守老人心寂寞,搓搓麻将度黄昏。

2015. 4. 14

## 江边怀旧

鹊江水涨浪涛浑,杨柳滩头春草深。
蜂蝶恋花人恋旧,不禁伤感泪沾襟。

2015. 4. 15

## 登山

蜂喧蝶戏鸟关关,石上泉流鸣佩环。
欲看人间好风景,山高坡陡敢登攀。

2015. 4. 16

## 旧居四季桂

枝叶扶疏映日光,清荫悄立动离肠。
星星点点花初吐,归去衣沾一缕香。

2015. 4. 23

## 故乡行

江岸青青花草香，紫沙古渡柳丝长。
村人呼我频招手，一路春风回故乡。

2015. 4. 27

## 思乡

人有老家树有根，身居华屋恋蓬门。
柔毫难写思乡苦，梦里常回江岸村。

2015. 4. 28

## 席上听歌，恰逢雷阵雨发生

一曲高歌豪雨落，满堂宾客悄无声。
余音散尽人惊起，窗外风微月色明。

2015. 4. 28

## 黄山天都峰

天都万仞耸天空，阵阵龙吟大壑风。
最是教人着迷处，山腰浮动暮云红。

2015. 5. 1

## 阅世有感

情真情伪实难分，共事方能识别人。
反目成仇徒懊悔，平时交往要留神。

2015. 5. 2

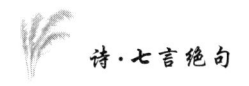

## 麦地风光

耳闻布谷不停啼,喜看平畴麦穗齐。
汗水曾浇故园土,风光格外使人迷。

2015. 5. 3

## 故乡地头思先慈

炎炎长夏把锄犁,娘送壶浆走垄畦。
故土重来思往事,田头坐到日偏西。

2015. 5. 3

## 游九华山古村落

泉水潺潺注碧潭,莲峰时有白云缠。
村人指点回驴岭①,闲话当年李谪仙。

注：①相传李白访友未遇,在一座山边掉转驴头回去,后人称此山为"回驴岭",此山位于九华山北面。

2015. 5. 11

## 窗前新植银杏树（二首）

### 一

银杏亭亭楼畔栽,树梢恰恰接窗台。
枝条一绿飞禽集,时送清歌妙曲来。

## 二

新栽银杏傍高楼，枝叶青青可养眸。
闲倚窗前看风景，心中一乐解千愁。

2015. 5. 19

## 榴花

花卉当中属上乘，一团火焰展风情。
未思车马来光顾，骚客何须鸣不平？①

注：①朱熹《题榴花》："可怜此地无车马。"

2015. 5. 23

## 石榴

榴花朵朵吐深红，绿叶轻摇初夏风。
待到枝头果儿熟，腹藏粒粒玉玲珑。

2015. 5. 23

## 骑车游胥坝

马路纵横处处通，一车驰骋绿荫中。
今朝乘兴游江渚，心醉故乡田野风。

2015. 5. 30

## 题画师高光明《采花》图

边采山花边牧羊，娇红嫩白篓中装。
笑迎晚照回家去，一路歌声一路香。

## 诗·七言绝句

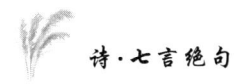

### 题画师凌三保《轻云初起》图

层峦叠嶂起轻云，林木苍苍溪壑深。
诗画本来同一理，欲凭山水写胸襟。

### 题画师盛桂香《富寿》图

世人羡慕鹤龄长，富贵花开分外香。
为祝家家皆幸福，请君更画万千张。

### 题画师宾新猷《幽居》图

瀑布飞流半岭烟，老松滴翠立峰巅。
结庐住在深山里，一叟过桥疑是仙。

### 题花成清先生风景照

琼楼筑在小河旁，油菜花开一片黄。
四面青山千万仞，此冲可是白云乡？

2015. 5. 31

### 铁锚洲（三首）

#### 一

烟林一望浩无涯，芳草萋萋满树花。
鸟雀安巢高树上，飞来飞去叫喳喳。

## 二

四面环江鸥影斜，草深林密御风沙。
一方湿地年年绿，好个天然大氧吧。

## 三

鸟唱深林蝶戏花，小舟解缆出蒹葭。
江风扑面波涛涌，一网金鳞一网霞。

2015．6．14

## 次韵蒋梅岩先生端阳诗

酒泡雄黄能解毒，门悬蒲剑可驱魔。
追怀屈子成风俗，每过端阳感慨多。

2015．6．20

## 北湖雨后

黄梅季节雨频频，且趁初晴步水滨。
喜看娇杨新浴后，青丝如瀑不沾尘。

2015．6．26

## 游铜陵市植物园（四首）

## 一

绿树青山芳草地，红莲碧水惠风亭。
名园初访迷佳景，百鸟和鸣最动听。

## 二

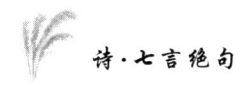

天气微凉雨乍停，出游自有好心情。
漫山草木参差绿，小坐道旁听鸟鸣。

## 三

诗友相邀上碧岑，阳光点点洒深林。
缓行幽径怜花草，闲坐凉棚说古今。

## 四

奇花异草青丘美，秀竹长松翠谷幽。
日日徜徉林径上，桑榆岁月复何求！

2015．7．3

## 席上闻歌口占

酒酣耳热歌声起，老者深情唱古风。
莫笑满头皆白发，夕阳犹映漫天红。

2015．7．8

## 诗友小聚，饮"青花韵"酒，戏作

酒曰青花香味醇，一觞一咏醉醺醺。
白头骚客雄心在，逸兴遄飞欲揽云。

2015．7．12

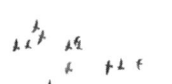

## 拙荆晨游天井湖遇雨

老伴突然来电呼，因遭暴雨困中途。
送鞋送伞心焦急，大步直奔天井湖。

2015. 7. 25

## 民俗村小聚

盏盏灯笼光透红，诗人小聚酒楼中。
金樽一举豪情发，铁板铜琶唱大风。

2015. 8. 25

## 街头即事

时见街头闲逛者，手牵宠物紧随身。
莫非人际难交往，转与阿猫阿狗亲？

2015. 8. 26

## 观李应先生为余折扇所作之画

惊叹先生画作工，一竿翠竹曳清风。
担心小鸟腾飞去，忙把扇儿收手中。

2015. 8. 30

## 瞻仰李白塑像

诗仙潇洒立风前，心乐铜官未拟还。
一盏欲邀天上月，千秋共醉五松山。

2015. 9. 11

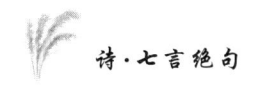

## 农家小院

藤缠一索挂闲庭,结得丝瓜翡翠青。
白发婆婆随手摘,农家日子好温馨。

2015. 9. 21

## 重游石桥钟

四十年前家境寒,为寻猪草到河湾。
重来闲看水中影,萍藻青青双鬓斑。

2015. 9. 23

## 欢迎李文朝将军莅临胥坝

不辞辛苦日耕耘,创建诗乡京国闻。
鹊水欢歌人雀跃,江洲到了李将军!

2015. 10. 20

## 次韵李文朝将军佳作《题胥坝乡》

浩浩烟波绕绿洲,一犁汗水获金秋。
乡人逐梦歌新曲,再创辉煌有奔头。

2015. 10. 21

## 赠花成清先生

四方奔走历艰辛,摄得风光俱逼真。
鸟欲腾飞花欲语,先生确是艺高人。

2015. 11. 3

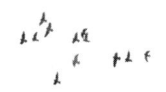

## 金榔水龙村赏枫叶

小径盘旋峻岭中，山花落尽暮秋风。
天寒未减游人兴，喜看一林枫叶红。

2015. 11. 3

## 皖南观山

万岭千峰形态多，或雄或秀或嵯峨。
恨无太白生花笔，一座青山一首歌。

2015. 11. 3

## 金榔金山

传说谁知假与真，金山石洞有金银。
樵夫一去仙凡隔，从此无人再问津。

2015. 11. 5

# 赴岳西县莲云乡参观"映山红大观园"（四首）

### 一、旅途听导游介绍"大观园"胜景

千里乘车赴岳西，烟岚缥缈远山低。
杜鹃王国如仙境，未到莲云已着迷。

### 二、途中遥望天柱山

天柱山边故事多，人文积淀好山河。
南飞孔雀徘徊地，悲剧化为长恨歌。

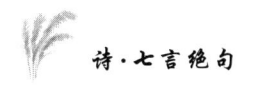

### 三、游园口渴思茶

水有柔情山有魂①,一方胜地古风存。

徘徊花径时间久,口渴试敲茅舍门。

注:①大观园内有石碑,上刻"山魂"二字。

### 四、参观大观园根雕艺术品

有狮有虎有灵犀,骏马扬鬃似疾驰。

大匠心灵雕琢巧,竟将腐朽化神奇。

2015. 12. 12

## 贵州仙女潭瀑布

泼珠溅玉落深潭,每映红霞与翠岚。

坐对一帘思邈邈,未沾滴酒竟沉酣。

2016. 2. 5

## 江滨行

草鸡刨食大堤边,喜鹊喳喳唱树颠。

一缕炊烟升起处,令人心动忆当年。

2016. 2. 21

## 坝上即景

野桃初绽胭脂蕾,江柳低垂翡翠条。

昨夜一场风雨骤,晓登大坝看春潮。

2016. 2. 23

## 春日游龙潭村

墙外桃花墙上诗,一群鹅鸭戏清池。
笑声飘出农家院,游罢归来惹梦思。

2016. 3. 12

## 油菜花

一片金黄无际涯,香风起处醉农家。
牡丹华贵海棠艳,我却情钟油菜花。

2016. 3. 12

## 咏毛桥村"乡村大舞台"

美丽乡村大舞台,自编自演有人才。
好人好事新风尚,一展歌喉唱出来。

2016. 3. 25

## 长杨村采风(二首)

### 一

一条主干八支渠,能灌能排能养鱼。
油菜花黄麦苗绿,林荫遮处是民居。

### 二

葡萄园里笑声稠,多少市民来旅游。
玛瑙珍珠沉甸甸,也思亲手摘金秋。

2016. 3. 28

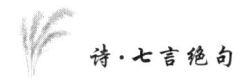

## 春雨江南

麦苗拔节菜花稀，布谷催耕何处啼？
心醉水乡田野绿，雨中漫步小河堤。

2016. 4. 2

## 悼吾妹雪霞

一生坎坷最堪怜，年纪轻轻没九泉。
又是清明春草绿，泪珠簌簌落坟前。

2016. 4. 4

## 金椰游（三首）

### 凤丹

瑶台仙子笑相迎，引得游人俱动情。
何啻花容美如玉？更能疗疾济苍生。

### 牡丹园护花女工

含羞带笑复笼烟，雪白绯红分外妍。
村女甘为护花使，穿行芳圃赛天仙。

### 做客于沈学锁先生家

老妈店村诗友家，门前绿树院中花。
山肴野蔌盘盘满，宴散方知落日斜。

2016. 4. 13

## 饮新茶

雨前买得嫩猴魁，遥想村姑采翠微。
冲泡半杯香气溢，稍为一呷醉心扉。

2016. 4. 17

## 与诗友结伴出游

看了青山看大川，山川风物入诗篇。
晚年结识吟坛友，联袂出游皆有缘。

2016. 5. 1

## 诗友小聚

满座吟朋兴致高，任凭窗外雨潇潇。
为何陌路成知己？唱和即为联谊桥。

2016. 5. 2

## 孔明财产

孔明家产仅桑田，克己奉公嘉誉传。
《诫子》一书无价宝，清风两袖胜金钱。

2016. 5. 16

## 即席口占赠孙丽华女士

江南自古出人才，才女今朝款款来。
一曲清歌无限意，五松山下玉兰开。

2016. 5. 25

## 诗·七言绝句

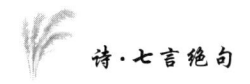

### 即席口占奉赠方白老先生

百龄词客历沧桑,笔下丹青意浩茫。
人在深山名在外,老梅愈老愈生香。

2016. 6. 2

### 盛夏煎药

老妻生病我心忧,四处求医从未休。
草药煎熬天正热,汗珠伴着泪珠流。

2016. 8. 22

### 车过老观村

田园雨后秋蔬绿,柿子门前一树红。
贪看沿途好风景,奈何路过太匆匆。

2016. 9. 26

### 偶过旧居

杂树丛生小院荒,桂花依旧发清香。
蜘蛛结网门窗角,独坐空阶倍感伤。

2016. 9. 27

### 叶山观兰(二首)

一

泉流石上响潺潺,雨落清秋生嫩寒。
阵阵香风飘翠谷,重来故地探幽兰。

## 二

生在溪流岩石旁，自甘寂寞未忧伤。
纵然幽谷来人少，也把清芬播四方。

2016. 10. 7

## 思念汪延明、秦新昌、祝志农诸位老友

江洲一别几多春，遥望沪宁思故人。
友谊如同窖中酒，历时愈久愈香醇。

2016. 10. 26

## 青通河怀古

传说诗仙访九华，青通河上泛轻槎。
不知何处寻遗迹，但见秋风吹荻花。

2016. 11. 5

## 咏衣冠渡口

烟波一棹渡行人，水上生涯倍苦辛。
草木枯荣雁来去，朝朝守望鹊江津。

2016. 11. 8

## 题旭光临水亭

昔日村边污水塘，今朝波碧藕花香。
小亭闲坐宜观景，池上风来好纳凉。

2016. 11. 17

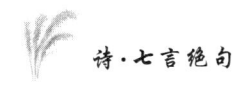

## 赞渡口船工

朝朝暮暮守江滨，汽笛一声开渡轮。
酷暑严寒浑不顾，笑迎两岸往来人。

2016. 12. 19

## 米兰

一盆绿色映书窗，嫩蕾张开点点黄。
俱说海棠颜色好，米兰花小也芬芳。

2016. 12. 29

## 江滨村冬日即景

炊烟缭绕午鸡啼，遥望江滩林木齐。
漫道米家山水好，天然画卷使人迷。

2017. 1. 17

## 迎春花

星星点点漫山崖，花不娇妍品格嘉。
为唤群芳织烟景，迎春怒放傲霜华。

2017. 2. 26

## 做客于王德余先生家即席口占

举杯畅饮瓮头春，乡友相逢分外亲。
往事回眸生感慨，当年也是弄潮人。

2017. 3. 28

## 群心村

美丽宜居示范村，周围皆是绿杨林。
花开庭院浮香气，鸟唱枝头送好音。

2017. 4. 1

## 小河

小河两岸是人家，春水盈盈映菜花。
城里闲人寻野趣，三三两两钓竿斜。

2017. 4. 2

## 江南春

花花草草织烟霞，三月江南景色嘉。
雨后天晴风日暖，青蛙水畔叫呱呱。

2017. 4. 2

## 湖边偶成

晴空柳絮舞轻盈，天暖已闻蛙鼓声。
水草丛中鱼打子，北湖几处钓竿横。

2017. 4. 14

## 咏莲

生在池塘风浪间，清香四溢沁心田。
濂溪早赞高标格，但愿为官皆爱莲。

2017. 6. 3

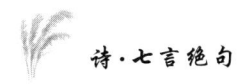

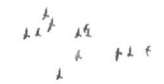

## 西联乡西湖村荷花节即景（二首）

### 一

万亩莲塘花正开，香风拂面乐徘徊。
镜头欲摄眼前景，恰巧野鸥飞过来。

### 二

女郎身段好苗条，舞步轻盈彩袖飘。
人面花容相照映，更闻清唱采莲谣。

2017. 6. 11

## 建议东湖村重植一棵松

老松已死植新松，说得村民皆动容。
一地取名缘古树，何时山顶现苍龙？

2017. 6. 11

## 龙潭垂钓

柳条摇曳水风轻，鱼跃龙潭泼刺鸣。
不望金鳞装满篓，只需钓个好心情。

2017. 6. 13

## 水田即兴

农机灌溉小渠连，旱地如今改水田。
新插秧苗才转绿，便招白鹭舞翩翩。

2017. 6. 15

## 与诗友访邓秀山老先生未遇

吟朋一路兴冲冲，探访诗坛百岁翁。
孰料先生行旅去，半庭竹影动清风。

2017. 6. 15

## 龙潭怀旧友

半个世纪前，曾与刘传道、胡兴龙在龙潭垂钓。二友早已去世。重游故地，不禁感叹。

少时与友钓龙潭，弹指之间五十年。
旧地重游怀旧雨，一声嗟叹泪潸然。

2017. 6. 20

## 家中顶梁柱
——赞"中国好人"汪后春

真情无价胜黄金，久病床前尽孝心。
一柱擎梁房不倒，令人感佩动歌吟。

2017. 6. 25

## 野外筑梦（二首）
——赞"中国好人"查志兵

一

四方转战路途遐，为顾大家亏小家。
好学终成多面手，人生筑梦展风华。

## 二

探寻宝藏做尖兵，露宿风餐野外行。
甘洒汗珠酬壮志，丹心一片播嘉名。

2017. 6. 26

## 赠铜陵市广播电视台吴笛先生

吴笛先生吹铁笛，五松山下起龙吟。
林涛呼啸泉喷涌，一曲倾听感慨深。

2017. 7. 16

## 赠《铜陵日报》编辑巴丽萍女士

天井湖边女秀才，冰清玉洁一枝梅。
心中有个园丁梦，培育芳花处处开。

2017. 7. 16

## 村野行

南瓜结在草丛中，扁豆花繁满架红。
暑气初消雷雨后，敞开布褂纳秋风。

2017. 8. 8

## 赏荷

身闲独坐赏荷亭，风拂玉塘香气清。
久视莲花生一感，品高自有好名声。

2017. 8. 8

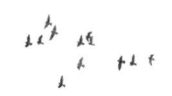

## 孝子王长福

普普通通庄稼人，为何享誉旭光村？
只缘日日能行孝，报答萱堂养育恩。

2017．8．11

## 访成德洲

长江怀抱绿田畴，白鹭盘旋成德洲。
初访一方云水地，诗情涌动放歌喉。

2017．8．21

## 游天门镇金塔村

山为屏障径通幽，溪水潺潺日夜流。
小坐梅亭留个影，不知何日再来游。

2017．8．22

## 湖畔松荫小立

江风沐罢沐湖风，少爱垂杨老爱松。
悟得人生如过客，身居何处不从容？

2017．8．25

## 有乐

秋风细细雨霏霏，金桂乍开香气微。
若问衰翁为何乐，湖边拾得小诗归。

2017．9．13

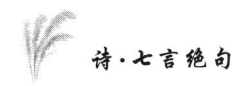

## 听汪雪梅女士演奏萨克斯

金发女郎吹管乐,满堂听众悄无声。
春莺婉转深林里,个个音符皆有情。

2017. 9. 16

## 乡野文化棚诗会即兴

借得秋霖洗尽尘,诗歌吟唱忒精神。
园蔬小鲫家常饭,乡野风情醉了人。

2017. 9. 28

## 丁酉年中秋未看到月亮

圆缺阴晴千古月,悲欢离合世人情。
谁能事事皆如意?一旦想开心自平。

2017. 10. 4

## 重读旧书,见昔日所作圈点有感

一本旧书重打开,才翻几页忽生哀。
当年圈点犹清晰,可叹韶华再不回。

2017. 10. 13

## 黄鹤楼上远眺

双桥飞架大江波,千载江城韵事多。
黄鹤楼头望三楚,风光无限好山河。

2017. 10. 16

## 北湖飞芦絮

无缘无故孰悲秋，点点芦花点点愁。

尽管城居百般好，奈何乡思绕心头。

2017．11．12

## 风雨

山岭云遮看不清，又听远处鹁鸪鸣。

万千愁绪心头绕，风雨连番盼晚晴。

2017．12．3

## 偶成

寒风瑟瑟傍湖行，落叶纷纷百感生。

谁个能知未来事？人间无处觅君平。

2017．12．18

## 丁酉年冬至

恭行祭祀已黄昏，无限怀思父母亲。

满腹忧愁无处说，泪珠滚滚洒湖滨。

2017．12．22

## 感恩

衣食来于垄亩民，岂能享用不怀恩？

平生惭愧才能小，但放歌喉唱草根。

2018．1．24

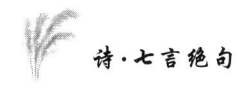

## 童趣（二首）

### 一、堆雪人

满树梨花满地银，大千世界净无尘。
儿童未觉寒风烈，双手通红堆雪人。

### 二、打雪仗

雪地奔跑相互追，雪团打中笑声飞。
一童模仿吹军号，嘀嘀有声来助威。

2018．1．28

## 学洗衣

棒槌啪啪忽高低，七十衰翁学洗衣。
痛惜老妻生恶疾，水花飞起泪花垂。

2018．3．3

## 步韵奉和省诗词学会陆世全会长佳作（二首）

### 一

若问平生何所欢，不贪财富不求官。
纵然生活有烦恼，手捧诗书心自安。

### 二

百花吐艳耀斑斓，湖也清澄云也闲。
爱访诗仙旧游处，常常独坐五松山。

2018．3．14

## 愁吟

老妻生病我生灾,雪上加霜心倍哀。
窗外桃花诚妩媚,可怜不是为吾开。

2018. 3. 23

## 郁金香

亭亭玉立举霞觞,接得甘霖胜酒浆。
漫步梧桐花谷里,谁人不醉郁金香?

2018. 3. 28

## 湖心岛

清风习习鸟啾啾,草绿花红铺彩绸。
烟水迷茫人迹少,心疑小岛即青丘。

2018. 3. 30

## 犁桥偶见耕牛

悠闲啃草不抬头,河畔居然有老牛。
昔日风光今又见,令人感叹动乡愁。

2018. 4. 1

## 奉赠百岁诗翁邓秀山先生(四首)

### 一

邂逅江边候渡时,先生乘兴说诗词。
方知竟是斫轮手,但恨拜师何太迟。

## 二

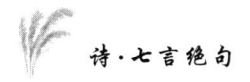

指点迷津是我师，推敲字句有真知。
《晴江吟草》经常读，状物言情见妙思。

## 三

有幸同游千棵柳，诗家庭院探红梅。
遥闻鹊水涛声起，逸兴遄飞共举杯。

## 四

昔日赠吾梅一株，今成嘉树宛如图。
冲寒坼蕾清香发，赏罢不禁思老儒。

2018．4．11

## 偶见

披发娇娃沐晚晖，香风吹拂绮罗衣。
低头独坐花园内，如醉如痴玩手机。

2018．5．2

## 湖边作

远山黛绿是铜官，近水清澄漾细澜。
欲借风光聊自慰，黄昏久久立湖滩。

2018．5．3

## 答友人

点赞之词不敢当,友情却可暖心房。
连遭风雨摧残后,一片破帆难远航。

2018. 5. 10

## 湖边愁吟

天气无端总是阴,老妻病重我伤心。
耳听双燕呢喃语,愁比一湖春水深。

2018. 5. 13

## 村居

绿荫掩映小楼房,公路纵横连四方。
家住农村空气好,风来田野带花香。

2018. 5. 16

## 龙湖吟

昔日龙湖荒草滩,今朝变作米粮川。
麦收之事刚刚了,布谷声中又插田。

2018. 5. 18

## 题受伤之树

树身几处有创伤,依旧昂然立道旁。
劫难莫非增活力?撑开绿伞送清凉。

2018. 5. 25

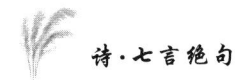

## 湖边口占

点点星星野草花,湖滩风景似江涯。
故园麦子开镰否?人在城关思紫沙。

2018. 5. 31

## 厨艺见长

老翁自责学厨迟,新拜病妻为老师。
近做菜肴还可口,从来实践出真知。

2018. 6. 3

## 湖边行

蝶戏芳花花更红,鸟鸣绿树树招风。
忧愁烦恼难排解,景色虽佳也是空。

2018. 6. 3

## 见一少妇领两小儿采桑

手提一只小方筐,来到湖边采野桑。
饲养几条蚕宝宝,用心良苦育儿郎。

2018. 6. 5

## 咏窗台茉莉

身着青衣头戴花,朝披霞彩夕笼纱。
含情脉脉临风立,一缕清香飘进家。

2018. 6. 15

## 次韵江孝明老师端阳诗

少岁端阳乐趣稠,江边奔走未思休。
鼓声雷动呼声急,水上龙腾看赛舟。

2018. 6. 18

## 忘忧草

贤妻亡后第九日,吾携小女至其姨家,见忘忧草而兴叹。

不知谁植忘忧草,注目多时未解忧。
姨子门前怀内子,一声长叹泪珠流。

2018. 7. 1

## 惊悉老友祝志农在南京逝世

忽闻噩耗颇心惊,世上谁能料死生!
回顾从前交往事,泪珠欲洒石头城。

2018. 7. 24

## 题许筱兰女士画作《紫藤》

扎根石罅引藤长,串串鲜花串串香。
紫气东来时节好,一支妙笔写春光。

2018. 8. 11

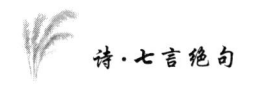

## 纪梦

昔时模样昔时装,妻在外滩锄地忙。
正欲呼伊忽惊醒,月光淡淡照纱窗。

2018. 8. 24

## 清晨闻鸟鸣

常叹贤妻一病亡,无精打采易忧伤。
天明犹自昏昏睡,小鸟殷勤唤起床。

2018. 9. 5

## 养花

两盆茉莉养窗台,时送清香入户来。
人老何须逐名利,不如好好把花栽。

2018. 9. 5

## 戊戌中秋

一年一度过中秋,举室团圆笑语稠。
今岁中秋妻已逝,窗前望月泪珠流。

2018. 9. 24

## 赠沈守华老大姐

五松山下蜡梅花,不畏冰霜品格嘉。
好墨日磨龙尾砚,清香一缕透窗纱。

2018. 9. 28

## 赠宁建华女士

字画俱佳挂在墙，绿萝牵蔓映晴光。
雅斋小坐氛围好，一盏春茶分外香。

2018. 10. 13

## 致远方朋友

清秋独自上峰巅，拾片红枫当彩笺。
朋友别来无恙否，一封书信寄天边。

2018. 10. 24

## 访大明寺

苔封石级绿斑斑，战战兢兢举步艰。
切莫贪图看风景，小心跌下晁灵山。

2018. 10. 24

## 窗前吟

秋风秋雨渐秋深，一片金黄银杏林。
吟罢小诗徒叹息，贤妻走后少知音。

2018. 11. 5

## 四季桂

夭桃灼灼一时红，菡萏难禁冷露浓。
只有此花开得久，香飘春夏与秋冬。

2018. 11. 29

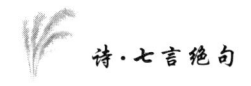

## 题张天雄先生《源流》图（三首）

### 一

如闻瀑布响声喧，更见山腰漫白烟。
还想何时重执耒，结庐幽谷乐耕田。

### 二

喷珠溅玉下崇山，何惧征途有险关。
百折千回豪气在，奔流一路响潺潺。

### 三

江河日夜向东流，绕过村庄绕绿畴。
气势雄浑浪花卷，只缘山岭有源头。

2018. 12. 8

## 赞"中国好人"汪世本同志

历经风雨几多春，乡野文棚筑梦人。
守在精神高地上，书香一缕送乡亲。

2018. 12. 17

## 答友人

良朋问我近何如，昼访山川夜读书。
人到桑榆还有梦，忙忙碌碌不空虚。

2018. 12. 26

## 咏惠泉社区卫生服务站医务人员

一份担当信不虚,朝朝坐诊小城隅。
温馨服务就医者,好似春风吹社区。

2019. 1. 11

## 观凫

烟雨蒙蒙天井湖,逐波嬉戏一双凫。
闲观许久生悲悯,只恐到头形影孤。

2019. 1. 12

## 红梅

天生丽质不需妆,一笑嫣然傲雪霜。
召唤群芳快苏醒,千红万紫织春光。

2019. 2. 21

## 己亥年正月久雨不晴

新正老是雨纷纷,孤雁哀鸣为失群。
五内与天同一色,茫茫无际布愁云。

2019. 2. 21

## 赠王宏书

鹊水清清滋养人,姑娘聪慧又纯真。
携琴走在阳光里,一路歌吟一路春。

2019. 2. 23

诗·七言绝句

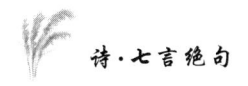

## 清明为亡妻扫墓

已栽翠柏护坟茔，叹汝辛劳大半生。
昔日同行风雨路，今来祭祀倍伤情。

2019. 4. 5

## 犁桥餐馆

桥头小馆食中餐，春韭清香河鲫鲜。
店主招呼来往客，从来不赚昧心钱。

2019. 4. 5

## 重游横港怀旧

五十年前此地游，今朝重访不胜愁。
故人一别无音信，江水依然拍岸流。

2019. 4. 14

## 观江雁铃女士表演节目

舞步婆娑长袖举，宛如展翅白天鹅。
山河万里风光好，一路飞行一路歌。

2019. 5. 11

## 听洪楼村妇女主任黄彩云唱歌

田野放歌宜抒情，歌喉婉转胜春莺。
纤尘未动天风息，唱得流云不再行。

2019. 5. 16

## 访枞阳白云中学

日日辛勤耕白云，终生只做素心人。
汗珠洒在乡村里，兰蕙芬芳一派春。

2019．5．21

## 游永泉农庄

花香淡淡晚风轻，泉水淙淙伴鸟鸣。
闲看池鱼来复去，乐山乐水乐人生。

2019．6．6

## 校园巡礼（四首）

### 一、顺安中心小学

弦诵朝朝皆用功，莘莘学子坐春风。
临津驿畔陈山下，苗木青青花朵红。

### 二、钟鸣中心小学

校舍俨然竹木青，晨风吹送读书声。
观星早立航天志，从小胸怀报国情。

### 三、义安区实验小学

顺乎天性保天真，懂得人伦好做人。
先试先行收硕果，百年名校焕青春。

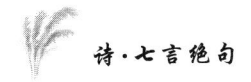

### 四、义安区第三中学

墙壁楼梯与走廊，车棚场地漫书香。
校园处处皆文化，培育少年成栋梁。

2019．6．9

### 妻亡周年祭

一生辛苦事桑麻，与我共同撑起家。
黄土虽埋贤内骨，灵魂却化漫山花。

2019．6．12

## 龙湖往事（五首）

### 一、牧牛

晨赴龙湖去牧牛，蒙蒙雾气漫江洲。
忽闻竹笛吹幽怨，勾起心中万缕愁。

### 二、挖藕

昔时贫困未能忘，糠菜难充辘辘肠。
挖得湖滩野生藕，一家老小度饥荒。

### 三、砍柴

老母晨炊说缺柴，苦无钞票买烟煤。
挥刀斫取攀根草，傍午肩挑一担回。

### 四、捉鱼

塞鸿嘹唳过龙湖，地冻天寒腊月初。
费力戽干莲凼水，居然捕获大乌鱼。

### 五、捕虾

寒风刺骨月儿斜，小网轻推捕米虾。
远处鸡鸣刚破晓，一篮霞彩带回家。

2019．6．21

# 龙湖吟（四首）

### 一

一自龙湖水利修，禾苗万亩绿油油。
龙王无法兴波浪，庄稼年年两季收。

### 二

杨柳垂丝拂水塘，龙湖弥漫菜花香。
田家冒着蒙蒙雨，不误农时赶插秧。

### 三

边边角角种高粱，片片湖田稻谷黄。
谁唱歌谣使人醉，芦花荡里打鱼郎。

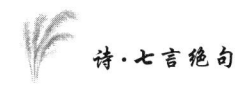

### 四

芦絮白时飞细花，高粱红了醉流霞。
南来大雁翩然落，想在龙湖安个家。

2019. 7. 1

### 消夏

敞开门户坐厅堂，楼道风来分外凉。
若问如何度长夏，手持一卷读诗章。

2019. 7. 26

### 王德余先生见访

剡溪访戴说千秋，不及先生重旧游。
现约高朋三五个，开怀一醉小红楼。

2019. 8. 15

### 长孙谢旺升学宴上作

蟾宫折桂喜盈门，宴设酒家酬众宾。
祝贺声中应记取，将来做个有为人。

2019. 8. 18

### 湖边口占

出游且趁乍凉时，秋水盈盈照柳枝。
天井湖兮应识我，为卿写过好多诗。

2019. 8. 28

## 听马涛女士二胡独奏《化蝶》

琴师技艺出名门，巧运弓弦送妙音。
一曲悲歌千滴泪，灵魂化蝶感人深。

2019. 9. 9

## 犁桥老街（五首）

### 一

飞檐斗拱马头墙，徽韵徽风集一乡。
从此屯溪何必去？犁桥水镇乐徜徉。

### 二

街道石铺宽又长，两边时见手工坊。
宛如来到徽州府，却是犁桥鱼米乡。

### 三

小河弯曲小桥横，两岸垂杨万缕青。
一叶扁舟桨声起，惊飞水鸟落芳汀。

### 四

风摇翠竹送清凉，一盏毛峰细品尝。
游罢犁桥诸景点，茶楼闲坐话沧桑。

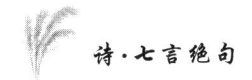

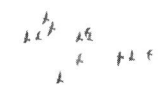

## 五

老街几处酒旗飘,吴语柔和吴女娇。

好友相逢闲把盏,约期再度逛犁桥。

2019. 9. 19

## 赠王德余老站长

先生素有孟尝风,年过八旬犹做东。

未叹自身须发白,却歌春雨杏花红。

2019. 9. 19

## 与胡南海、蒋梅岩一道赴南陵采风

金秋时节访工山,水也清清天也蓝。

书记畅谈规划事,征途逐梦再扬帆。

2019. 10. 10

## 参观岩寺新四军军部旧址纪念馆

日寇侵华烽火燃,将军跃马战凶顽。

凯歌响彻云霄外,浩气长存天地间。

2019. 10. 13

## 旅途口占

蒙蒙雾气漫峰巅,重访徽州两鬓斑。

路畔青山仍妩媚,吾人却老数年间。

2019. 10. 13

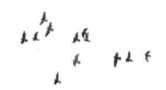

## 忆贤妻生前种菜事

闲看城隅小菜园，忽然想起紫沙村。
当年内子耕瑶圃，陌上归来月照门。

2019. 10. 19

## 听丁厚仁吹笛

龙吟声起荡云空，一笛横吹是老翁。
回首当年井冈事，深情高奏《映山红》。

2019. 10. 27

## 读王德余先生《风雨斋诗草》（二首）

### 一

风雨斋中彩笔挥，诗情常共白云飞。
心怀一梦耕芳渚，高举吟旌众望归。

### 二

雨后长虹呈异彩，风骚一集记沧桑。
手中握有生花笔，看我布衣登殿堂。

2019. 11. 5

## 过生日

弹指之间逾七旬，荷包蛋熟庆生辰。
忽然一阵悲情起，此刻尤怀老母亲。

2019. 11. 8

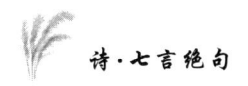

## 渔矶悼内子

独上渔矶觅旧踪，草枯木落起寒风。
昔时携手同游处，又是一年秋蓼红。

2019. 11. 30

## 酒家小聚

莫道吾侪已二毛，爱登江岸看春潮。
犹思水击三千里，翻动风云上九霄。

2019. 12. 13

## 忆贤妻（十首）

### 一、人生伴侣

一订山盟甘守贫，事无巨细每躬亲。
老牛品格梅风骨，携手同行五十春。

### 二、洗衣

一觉醒来即起床，寒星点点映池塘。
衣裳洗毕回家去，才见东方露日光。

### 三、下厨房

系好围裙下灶房，热油炒得菜蔬香。
还思儿女长身体，烧个番茄鸡蛋汤。

### 四、给阿舒买凉鞋

昔时贫困缺钱财，土豆两篮挑上街。
卖得现钞心里乐，给儿选购小凉鞋。

### 五、植棉

万棵棉苗亲手栽，施肥锄草不需催。
为防虫害喷农药，汗湿衣裳多少回。

### 六、割麦

麦收时节倍辛劳，抢割"黄云"不直腰。
一垄到头重起趟，还能再度把吾超。

### 七、拾棉花

清晨头扎四方巾，赶到棉田摘"白云"。
傍晚归来挑两袋，一称竟有百多斤。

### 八、迁居县城

迁入城关别故园，老牛卸轭不耕田。
忙完家务邀邻媪，傍晚沿湖绕一圈。

### 九、患重病

刚到桑榆一病侵，几经手术未呻吟。
从来不吐悲伤语，故作笑容安我心。

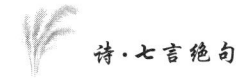

## 十、驾鹤西去

橱中尚有旧时衣，冢上新栽松柏齐。
往事追怀和泪写，长歌当哭悼亡妻。

2019．12．30

## 自嘲

学剑学书皆不行，欲游天下未登程。
光阴虚度胡须白，稀里糊涂大半生。

2020．1．2

## 赠东道主汪意霞、孙泓女士

出门哪管雨沙沙，应约欣然赴酒家。
女士岂唯才貌好，清芬尤胜蜡梅花。

2020．1．10

## 偶成

春夏秋冬节序更，风霜雨雪忆征程。
金琴莫抚忧伤曲，终会云开天放晴。

2020．1．16

## 致敬抗疫天使

白衣天使倍艰辛，鏖战前沿不顾身。
生死关头见肝胆，人间大爱暖于春。

2020．2．9

## 晨兴

林隙雪融萌草芽,窗前小鸟叫喳喳。
东风传递春消息,催我出门观杏花。

2020. 2. 17

## 梦

昨宵又梦紫沙洲,杨柳堆烟古渡头。
内子登舟售棉去,醒来不觉泪珠流。

2020. 2. 18

## 窗前香樟(二首)

### 一

几株樟树傍东窗,挡雨防风翠盖张。
守望吾庐朝复暮,一年一度送花香。

### 二

窗外香樟似舞台,黄鹂喜鹊爱飞来。
一歌未歇一歌起,唱得愁云全散开。

2020. 2. 19

## 读洪源先生黄鹤楼诗

黄鹤楼头感慨多,情钟三楚好山河。
一支玉笛吹新曲,满目风光发浩歌。

2020. 2. 21

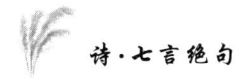

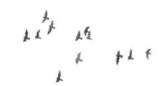

## 见贤妻当年在芦港所购之剪

扬帆东下路迢迢，售罢棉花买剪刀。
物在人亡伤往事，不禁泪落湿衣袍。

2020．2．24

## 叶山纪游（四首）

### 一、登山

劈山开路是谁功，拾级攀登上顶峰。
俯视群峦林木翠，白云与我共从容。

### 二、听泉

泉水淙淙下碧岑，宛如仙女抚瑶琴。
飞禽收翅猿声歇，游客可平浮躁心？

### 三、登望江阁

望江阁上望长江，一点烟汀是故乡。
我请南风寄心语，深情问候众街坊。

### 四、摄取奇葩

草长莺飞春意浓，云生林海绿蒙蒙。
担心绝色遭埋没，故摄深山一朵红。

2020．3．24

## 访乡友黄启胜先生

雨后郊原草木新,午餐笑饮剑南春。
何妨今日酕醄醉,满座皆为胥坝人。

2020. 4. 1

## 游江滨村(二首)

### 一

白杨青草绿兼葭,豆棵麦苗油菜花。
鸟唱高枝鱼戏水,春风吹暖鹊江涯。

### 二

紫荆黄荻作篱笆,豌豆牵藤开白花。
掐把椿芽炒鸡蛋,菜香飘出老农家。

2020. 4. 5

## 缅怀邓秀山老先生(四首)

### 一

绕庭种竹植芭蕉,爱赏梅开瑞雪飘。
日照琅玕投瘦影,叶留雨水滴清宵。

### 二

奔走乡村不惮劳,芳洲结社领风骚。
栽培弟子花心血,笑看春江卷浪涛。

## 三

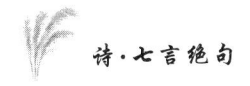

耄耋还能登泰山，峰巅拄杖好悠闲。
晓风吹拂银须动，高咏朝暾照宇寰。

## 四

一鹤凌空影杳然，高龄词客忽登仙。
行云流水"晴江草"，佳作当能世代传。

2020．4．7

# 石台纪游（四首）

## 一、访小山村

弯弯曲曲山间路，荡荡悠悠岭上云。
春到河坑小村落，花花草草吐清芬。

## 二、小朋友王哲瀚

虎头虎脑小娃娃，欣喜万分回老家。
伸手溪流捉虾米，藏身林海采春茶。

## 三、兰花

山民赠我一株兰，偶得奇葩亦是缘。
培植多时花忽放，幽幽香气沁心田。

## 四、石台吊古

山人①不是等闲人，一卷《唐风》唱到今。
词客遗踪在何处？云封幽谷鸟啼林。

注：①指晚唐诗人杜荀鹤，出生于石台，号九华山人，有《唐风集》传世。

2020．4．12

## 湖边口占

香蒲发叶几丛绿，瑶草着花千点红。
湖畔闲行风拂面，春光烂漫小桥东。

2020．4．26

## 万丰村即景

虾笼放在沟渠侧，老叟挥锄整菜畦
万里晴空啼布谷，乡村漫步任东西。

2020．4．29

## 清晨饮茶

满窗绿色透清凉，一盏新茶细品尝。
其气清香其味正，莫非产自白云乡？

2020．5．1

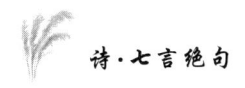

## 暮春游芍药园

杜鹃声里群芳歇,蜂蝶依然绕绿丛。
对此不禁生感叹,满怀惆怅惜残红。

2020. 5. 4

## 访群心村

采风又到大江边,千树榴花灼灼燃。
仿佛乡村新日月,红红火火一年年。

2020. 5. 4

## 李白

既是诗仙亦酒仙,平生仰慕李青莲。
酒添诗兴诗吟酒,斗酒酿成诗百篇。

2020. 5. 14

## 麦收时节

南风初起访江村,马达轰鸣四野闻。
万顷良田新麦熟,农机开动割黄云。

2020. 5. 14

## 端午锦

  前年，贤妻病笃，亟须再住院。其时正值端午前夕，她再三说要等过节之后再去，其实是想在家多挨几日，不忍离开，自知一去将不复返矣。每忆及当时情景，辄泫然涕下。

  端午锦花今又开，伊人一去不归来。
  思卿临走流连意，每过端阳我倍哀。

2020．5．17

## 临津驿感怀

谁把群山染靛青，黄昏独自傍街行。
纵然风景千般好，抱恙重游百感生。

2020．5．19

## 赠方志恒主任

专家坐诊在临津，医术高超誉杏林。
手到病除忧患解，无声大爱感人深。

2020．5．22

## 住院归来

宛如瑞雪映窗纱，茉莉居然已着花。
一缕清香迎老叟，几多感慨乍还家。

2020．5．24

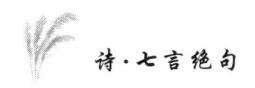

## 致故乡

别来无恙小村庄，还有堤边大白杨。
岁岁江花江草发，一花一草未曾忘。

2020. 6. 6

## 感怀

大树亭亭绿满窗，高楼冬暖夏犹凉。
晚年有此栖身处，享福更思孩子娘。

2020. 6. 7

## 雷雨

大雨倾盆雾气腾，金蛇闪现巨雷鸣。
不知何故天公怒，欲把妖魔一扫清？

2020. 6. 15

## 山村

石桥横跨小溪流，一别山村五十秋。
岸上绿杨频入梦，书生头白欲重游。

2020. 6. 18

## 和王宏书咏荷诗（六首）

### 一

小荷初现已春深，试把凌波仙子吟。
若问濂溪何独爱，出泥不染有冰心。

## 二

布谷飞鸣云雾中，黄梅时节雨蒙蒙。
珍珠点缀香罗帕，玉立亭亭笑脸红。

## 三

清香飘在水风中，谁不心仪别样红？
欲就荷杯饮甘露，小舟摇入藕花丛。

## 四

抽闲又到井湖来，谁把芙蕖着意栽？
玉蕾初开香气出，丝丝缕缕入灵台。

## 五

芰裳荇带衬冰肌，绿伞斜遮倚碧池。
似笑似羞还似怨，美于图画胜于诗。

## 六

冰雪聪明莫谓痴，佳人新作咏荷诗。
莲歌纵有千千万，别具风情又一支。

2020.6.25

# 故乡往事（二首）

## 一、骑车上班

万道霞光映水中，岸边草绿野花红。
双轮驱动轻车疾，笑纳一襟江上风。

2020.6.28

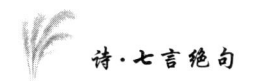

## 二、鸡在树上下蛋

鸡唱江边老柳颠，蛋生树窟亦奇观。
满怀惊喜全掏出，炒了堆堆一大盘。

2020．6．30

# 小孙谢祺（二首）

## 一

当年常带小孙游，孩子奔跑未肯休。
跌倒连忙又爬起，从来不怕摔跟头。

## 二

江边漫步任西东，笑看孙儿捉草虫。
蝴蝶翩然才落下，抓来却是一年蓬①。

注：①野花名。

2020．7．2

# 病愈重游天井湖

许久未游天井湖，林禽向我打招呼。
莲蕉更有欢欣意，一片火红迎老夫。

2020．7．24

# 听老友说"六月六"吃新事

六月初头早稻黄，捕鱼捉蟹下沟塘。
大锅煮熟珍珠粒，长忆山村饭菜香。

2020．7．27

## 楼头闲望

不知对面是谁家，墙上青藤正着花。
尽管频遭暴风雨，依然结出绿丝瓜。

2020. 7. 28

## 听蝉鸣

住宅旁边有树林，时时听得夏蝉吟。
餐风饮露诚高洁，可惜几人知汝心？

2020. 7. 31

## 月夜箫声

半规天镜照江湄，一管玉箫谁在吹？
惹得行人频驻足，夜风停息柳丝垂。

2020. 8. 11

## 读崔护诗

人面桃花自有缘，几多惆怅几多怜。
真情化作相思曲，传唱千秋亦必然。

2020. 8. 11

## 陶渊明独爱菊

清清雅雅一丛黄，淡淡幽幽几缕香。
难怪诗人偏爱菊，东篱把酒醉重阳。

2020. 8. 14

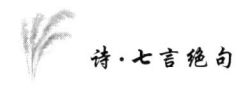

## 桑榆

桑榆每每叹伶仃，默送斜阳待晓星。
独处最愁风雨夕，自言自语自家听。

2020．8．28

## 秋荷（二首）

### 一

玉蕾风中展笑颜，清香飘拂绿波间。
此花应是瑶池物，何故迟开浅水湾？

### 二

半塘花影濯清漪，闲立桥头赏水芝。
许是无心随大溜，自甘寂寞故开迟。

2020．8．30

## 偶遇昔时学生

曾在街头遇学生，一边叫我一边迎。
依稀记得少时样，阔别多年忘姓名。

2020．9．1

## 观鱼

树影参差映碧湖，枝头嬉戏几群鱼。
堪嗟一世多烦恼，却羡游鳞恁自如。

2020．9．4

## 乡思

白露将临早晚凉,北湖边上忆家乡。
秋风起处秋禾熟,万亩农田豆叶黄。

2020．9．5

## 赠王善忠先生

寄寓京华岁月深,秋风起处动乡心。
西山红叶虽然美,却忆金榔枫树林。

2020．9．11

## 观凤眼花

凤眼睁开颇有神,相逢相视亦相亲。
吾怜花发霜将下,花惜老翁难再春。

2020．9．14

## 木芙蓉

身材高挑木芙蓉,一笑嫣然满面红。
未伴荷花迎夏日,却偕篱菊傲秋风。

2020．9．29

## 回旧居

辣子青红缀满丫,桂花树上吊南瓜。
菜蔬皆是邻居种,伫立门前望老家。

2020．10．3

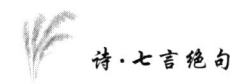

## 读李商隐《无题》诗

《锦瑟》谁人说得清？《无题》首首意难明。
义山真是多情者，反被多情累一生。

2020. 10. 8

## 金秋诗会

歌声婉转笛声扬，共谱乡村新乐章。
文化大棚开盛会，诗花更比桂花香。

2020. 10. 17

## 犁桥留影

重来水镇尽情游，晚稻金黄正待收。
小立田边留个影，好将村景慰乡愁。

2020. 10. 18

## 致诗友

雁叫一声南国秋，友人不适我担忧。
诗求别致诚然好，切莫劳心过了头。

2020. 10. 20

## 枯荷

荣辱盛衰谁未经，几回能得眼中青。
枯荷听雨情怀在，注目寒塘倚小亭。

2020. 10. 26

## 待月

炒碟青椒土豆丝，闲斟老酒乐滋滋。
品秋独待一杯月，明月偏偏生得迟。

2020. 10. 30

## 读《黄治邦诗选》感赋（二首）

### 一

辛勤劳作未曾闲，耕罢桑田耕砚田。
十里长冲留足迹，四时风物入诗篇。

### 二

乡人皆赞老翁贤，不愧尘寰不愧天。
一世风操堪仰止，百篇佳作定能传。

2020. 11. 10

## 菊

西风起处吐清芬，别具情怀远俗尘。
最爱东篱陶隐士，只缘是个素心人。

2020. 11. 17

## 听章欣老师唱《梨花颂》

高歌一曲动柔肠，千古风流说李杨。
听得韩娥绕梁韵，如闻漫野百花香。

2020. 12. 12

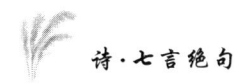

## 赠李艳老师

纵横艺苑力方遒，束束鲜花日日收。
台上功夫台下练，一歌一舞展风流。

2020. 12. 14

## 赠汪意霞、孙泓女士

菊花开后见茶花，雪霁五松风景嘉。
登上亭台朝夕望，一湖碧水半湖霞。

2020. 12. 17

## 冬日吟

又来鹄水弄扁舟，大好河山任我游。
冬日蕴含春气息，梅花傲雪笑枝头。

2021. 1. 2

## 珍藏一双布鞋

视如珍宝布单鞋，鞋底未沾丁点灰。
老母当年亲手做，一回翻看一回哀。

2021. 1. 5

## 听琴

泉水淙淙石上流，白云缕缕绕山头。
更闻小鸟声声唱，一曲《松风》解百忧。

2021. 1. 10

## 赠阮丰年先生

梅林疏处寿星来，湖畔相逢又一回。
但愿朝朝皆遇见，谈天说地共徘徊。

2021．1．10

## 才女（二首）

### 一

山生璞玉水生珠，锦绣江南育秀姑。
笔下诗文珠玉美，有才有貌胜罗敷。

### 二

诗书饱读有才情，一亮歌喉赛晓莺。
善写江南风景画，山青水碧小桥横。

2021．1．17

## 梦醒自嘲

一琴一剑一葫芦，访过峨眉访太湖。
欲炼金丹疗众疾，还思问道上天都。

2021．1．19

## 四九

四九居然风不寒，北湖雨霁泛微澜。
路边小草青芽透，转眼又将春色看。

2021．1．21

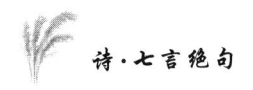

## 冬日莲塘

城关一角小池塘，莲叶干枯无鸟藏。
过客何须长太息，来年又有藕花香。

2021．1．24

## 吾人

不叹吾人是白丁，身居陋室亦安宁。
窗前望望花开落，灯下翻翻《道德经》。

2021．1．28

## 迎春花

冲寒一笑满枝金，只为迎春不占春。
岂与群芳比高下，浑如世上素心人。

2021．1．30

## 赏梅

冲寒傲雪几枝斜，香气幽幽透绿纱。
独倚窗前闲望久，不禁心醉蜡梅花。

2021．1．30

## 重游天井湖

鱼游春水鸟啼林，柳线摇风万缕金。
故地重来怀内子，愁情更比井湖深。

2021．2．13

## 走亲戚

已见小桃红蕾生，绿杨枝上啭黄莺。
园中蔬菜沾春雨，摘回一篮乡野情。

2021. 2. 16

## 丁洲江畔

潮汛未来江水清，村姑携铲岸边行。
看她挑荠春风里，不觉乡愁暗暗生。

2021. 2. 16

## 万丰村闲望

小麦青青拔节高，菜薹肥嫩孕花苞。
白杨尚未舒新叶，闲立村头数鹊巢。

2021. 2. 20

## 午餐

又到万丰村里来，围炉小酌两三杯。
最能吃出春滋味，应数一盘青菜薹。

2021. 2. 20

## 诗友小聚

哪管风吹料峭寒，蒌蒿芦笋作春盘。
蒙蒙小雨添诗意，吟唱声中满座欢。

2021. 2. 28

## 诗·七言绝句

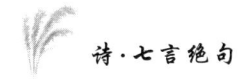

### 德余先生招饮，即席口占

南国水乡春意浓，桃花一笑醉东风。
酒添豪气诗言志，雨过天晴见彩虹。

2021. 2. 28

### 玉兰花

枝枝娇艳似红莲，欲展风华不畏寒。
抖擞精神未停歇，将花开到最高端。

2021. 3. 5

### 漫园即兴

犁桥水镇雨蒙蒙，野外吹来杨柳风。
做客漫园才饮酒，吾心已醉海棠红。

2021. 3. 6

### 赠徐九月女士

一轮明月照山乡，万朵杜鹃燃绿冈。
泉水育成灵秀女，春风沉醉紫罗裳。

2021. 3. 6

### 春寒

鹁鸠啼雨又啼风，文杏含愁泪滴红。
踽踽独行湖畔路，五松山下雾蒙蒙。

2021. 3. 7

## 观垂丝海棠

陌头见到有肠花，立马教人想老家。
一缕乡愁一声叹，小城红日又西斜。

2021．3．11

## 春游

一湖春水碧盈盈，风也温柔云也轻。
最是令人陶醉处，莺啼婉转若含情。

2021．3．13

## 湖畔吟

阴雨绵绵乍放晴，北湖边上又闲行。
心头忽觉春风暖，听得蛙鸣第一声。

2021．3．14

## 徽州吟

粉墙黛瓦古徽州，竹海松涛漫岭头。
谁作一帧山水画？露天展览万千秋。

2021．3．20

## 参观陈先龙家别墅

丽日当空花气蒸，春风相伴画楼登。
群山环抱梧桐谷，喜看乡村龙凤腾。

2021．3．23

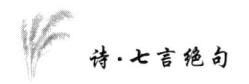

## 赠"梧桐人家"陈自忠先生

水村路口酒旗斜，饭店四周皆是花。
满面春风迎众客，梧桐荫下醉流霞。

2021. 3. 23

## 游水村

桃花红艳菜花黄，泉水淙淙注碧塘。
登上桥头看风景，山山岭岭着春装。

2021. 3. 23

## 访长杨村

油菜花黄麦浪青，农家早已备春耕。
汗珠浇铸长杨梦，快马奔驰万里程。

2021. 3. 24

## 游"咱们牡丹园"（二首）

### 一

天王山下访仙姑，独坐花间饮一壶。
姹紫嫣红春浪漫，今朝醉在小城隅。

### 二

刘郎即是牡丹王，戴笠荷锄朝夕忙。
汗水凝成花上露，满园春色满园香。

2021. 3. 29

## 渔家

鸠鹆声中雨暂停,北湖边上钓竿横。
令人羡慕渔家乐,山水之间过一生。

2021. 4. 1

## 友人赠新茶

红日瞳瞳照晓窗,新茶沏罢透清香。
一杯春色滢滢碧,连带真情细细尝。

2021. 4. 2

## 市诗词学会年会上表演节目口占

临风红袖舞轻盈,玉笛横吹百鸟鸣。
老叟心中仍有梦,破锣嗓子唱豪情。

2021. 4. 10

## 万丰塔

水镇闲游兴趣多,街头一塔势巍峨。
农家但盼年成好,岁岁丰收岁岁歌。

2021. 4. 17

## 石桥钟漫兴(二首)

### 一

高杉新绿水风清,一道石桥河上横。
荚荚累累蚕豆小,田园处处动春耕。

## 二

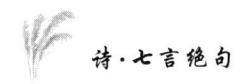

葡萄架下且乘凉，喜看新荷出碧塘。
小鸟似开歌咏会，支支妙曲唱春光。

2021. 4. 17

## 谷雨

雾气蒙蒙谷雨天，早餐食罢去耕田。
汗珠可换丰收岁，珍惜农时莫歇肩。

2021. 4. 20

## 韭兰

一朵奇葩开水涯，北湖清静好安家。
几经磨难依然笑，不愧名称风雨花。

2021. 4. 25

## 刘华在牡丹园栽植"伊藤芍药"

万紫千红一朵黄，含烟沾露吐芬芳。
如痴如醉花前立，可是园丁新嫁娘？

2021. 4. 25

## 听林雁唱歌

江南无处不春风，漫野山丹艳艳红。
女士登台歌一曲，掌声响彻鹊江东。

2021. 4. 26

## 听丁厚仁先生吹笛

芍药园中玉笛横,万千思绪一时生。
暮春季节吹《梁祝》,惹得游人皆动情。

2021.4.26

## 花间饮

刘郎是个性情人,小酌花间值暮春。
无奈风吹红雨落,一怀愁绪送芳尘。

2021.4.30

## 诗友雅集赏芍药

西施醉酒露红腮,笠帽山边绮宴开。
不逊兰亭风雅事,琴声起处笑擎杯。

2021.5.1

## 访齐云山(三首)

### 一、登山

万级天梯奋力登,暮春时节上齐云。
凉亭小憩揩揩汗,我欲登临最顶层。

### 二、月华街即景

漫步月华风景殊,街边时见白云浮。
青旗飘处招游客,携杖欣然入草庐。

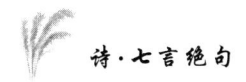

## 三、致友人

漫山花木透清芬，白岳峰巅摘白云。
遥寄五松辞赋客，供卿书写绝佳文。

2021．5．2

## 赠任继荣先生

纵横商海有多年，日宴宾朋广结缘。
百岁光阴一弹指，人生何必爱金钱？

2021．5．7

## 风雨夜

雷霆风雨令人惊，点亮心中一盏灯。
怯意顿消豪兴起，大鹏展翅欲飞腾。

2021．5．11

## 雨后看新荷

苦心只为待春时，化作新荷出水池。
粒粒珍珠头上戴，一如少女展风姿。

2021．5．11

## 江南春

河道弯弯垂柳斜，樱花如粉满枝丫。
蜂飞蝶舞林禽唱，一派春光醉万家。

2021．5．14

## 渡口

漫天柳絮舞轻盈，渡口忽闻船笛声。
夏汛初来江水涨，浪高难比返乡情。

2021．5．15

## 赠王宏书女士

老家就在鹊江湄，门外绿杨千万枝。
豆蔻年华文学梦，化为今日抒情诗。

2021．5．18

## 赠姚丽琴女士

脂粉不施眉不描，读书往往到深宵。
瑶琴弹奏迷人曲，风韵天然胜二姚。

2021．5．19

## 人生

不慕荣华爱自由，诗书相伴度春秋。
山歌水调随时唱，明月清风装满舟。

2021．5．28

## 访大士阁有感

一读经书总觉难，百思不解倍茫然。
令人羡慕东坡老，方外交游竟悟禅。

2021．5．29

诗·七言绝句

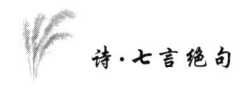

### 观李琳舞蹈

惊鸿忽起舞兰皋，素手纤纤红袖飘。
整顿霓裳台上立，掌声一片卷春潮。

2021. 6. 2

### 浇花

傍晚提壶浇茉莉，枝头绿叶亦流光。
小花仿佛通人性，送我幽幽一缕香。

2021. 6. 6

### 芒种怀内子

离开桑梓入城居，又到一年芒种时。
回首劳人麦收事，不禁老眼泪垂垂。

2021. 6. 8

### 湖畔

涟漪荡漾宛如绸，鸟去鸟来真自由。
水上清风常惠我，轻轻吹拂去烦忧。

2021. 6. 9

### 端午买花

欲买一盆栀子花，四方奔走问商家。
此花内子生前爱，空手而归暗自嗟。

2021. 6. 15

## 荷塘吟

本是一汪污水凼，如今变作小莲池。
片片绿叶迎风摆，朵朵红花照碧漪。

2021．6．24

## 南湖即景

楼头伫立望南湖，云彩悠悠天上浮。
但愿化为纤细雨，好将苗木悉沾濡。

2021．6．27

## 有感

道路从来平坦少，人生总是困难多。
男儿自有豪情在，马踏关山奏凯歌。

2021．7．2

## 荷塘

红莲相间白芙蕖，碧叶轻摇滚水珠。
忽见萍开响声起，野塘嬉戏一双凫。

2021．7．2

## 白荷

琐事忒多终日忙，忙中抽空去寻芳。
芳塘千朵荷花白，白得宛如凝雪霜。

2021．7．5

## 诗·七言绝句

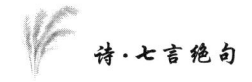

### 朝雨

春茶一盏透清香，独坐前厅细品尝。
忽见窗台白珠迸，起身好纳晓风凉。

2021．7．6

### 湖边纳凉

水边时有小风吹，遥望青山耸翠微。
湖上群鸥相识久，游来游去未惊飞。

2021．7．16

### 乐天派

晚霞送走接朝霞，赏罢莲花赏菊花。
糊里糊涂乐天派，乐山乐水乐无涯。

2021．8．12

### 黄昏

夜观影视爱刨根，昼访湖边民俗村。
最怕西窗红日落，一怀愁绪度黄昏。

2021．8．26

### 暮雨

雾气蒙蒙鸠鹁鸣，黄昏倍觉冷清清。
徘徊室内无聊赖，独坐窗前听雨声。

2021．8．27

## 赏白莲

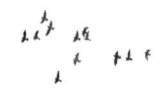

仙子凌波露粉腮,丝丝缕缕暗香来。
绿裙飘动临风立,似为迎宾擎玉杯。

2021．8．28

## 秋游

韭花雪白丝瓜绿,柿子通红稻谷黄。
乡野人家笑声脆,出游路上醉秋光。

2021．9．7

## 秋思

桑榆倍觉日骎骎,树叶飘零秋已深。
洲上桂花开了否?客居又动故园心。

2021．9．29

## 窗前青藤着花

莫言草木无情意,试看青藤上树颠。
为引老翁开口笑,竟将秀色送窗前。

2021．10．2

## 即景

诗人谁不爱吟哦,文化棚中乐趣多。
莫道秋深风景少,小缸浅水出新荷。

2021．10．23

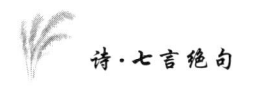

## 群心村芦花桥

桥头伫立望芦花，点点星星飘水涯。
老叟荷锄堤上过，惊飞鸥鸟一行斜。

2021. 10. 23

## 泾县行（四首）

### 一、悼念"皖南事变"死难烈士

大军北撤失良机，喋血茂林遭敌围。
叶挺蒙冤项英死，缅怀烈士泪长挥。

### 二、悼念音乐家任光

小提琴是手中枪，星落皖南松竹冈。
碧血长留红土地，《渔光曲》里悼任光。

### 三、泾县山泉

泉流石涧响淙淙，长颂铁军歼敌功。
血染群山松柏翠，迎来日出漫天红。

### 四、红旅小镇即事

种墨园中怀将士，山乡巨变看今朝。
郑家芳雪如还在，更念故人林志超[①]。

注：①郑芳雪、林志超是黎汝清长篇小说《皖南事变》中的人物。

2021. 10. 24

## 秋末感怀

芦花雪白蓼花红，寒蛩又啼枯草丛。
一事无成年纪老，奈何岁月太匆匆。

2021. 10. 28

## 山姑说往事

清晓采薪松竹林，肩挑一担汗涔涔。
山姑饱受人间苦，往事回眸感慨深。

2021. 10. 30

## 观冬泳

黄昏漫步井湖湾，阵阵小风吹嫩寒。
却见一群冬泳者，蛟龙戏水卷波澜。

2021. 10. 30

## 乡野文化棚小菜园即景

万木萧疏已立冬，小园却是绿葱葱。
芫荽菠菜生机旺，汗水赢来日月红。

2021. 11. 1

## 湖边即兴

黄昏漫步北湖边，林下闲听鸟语喧。
一阵清风飒然至，微波晃动水中天。

2021. 11. 2

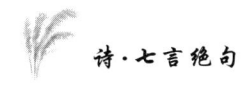

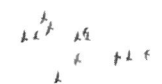

## 生辰即兴

华灯明月相辉映,似为村翁庆寿辰。
窗畔举杯邀玉兔,一同祝福白头人。

2021. 11. 16

## 花农播花种

荷锄携锸日繁忙,冻土刨开花籽藏。
待到条风吹细雨,山山岭岭漫春光。

2021. 12. 2

## 笠帽花农

一山一圃一花农,笑纳东西南北风。
日日耕耘抛汗水,丹心更比牡丹红。

2021. 12. 2

## 怀旧

江滩水草绿葱葱,赤脚奔跑一小童。
童子如今头发白,却留帆影在心中。

2022. 1. 4

## 腊八晓梦

腊八粥香炉火红,醒来却是一场空。
人生潦倒焉挑食,啃啃馒头就大葱。

2022. 1. 12

## 雨中行

一伞遮身步水涯，寒风瑟瑟雨沙沙。
行将腊尽新年到，老叟不禁思老家。

2022．1．23

## 赠记者刘少君

无冕之王是美称，四方奔走最辛勤。
常听报道新鲜事，一市皆知刘少君。

2022．2．1

## 致谢东道主王善忠书记

主人待客最真诚，引得天公也放晴。
窗外春莺竞相助，隔帘劝酒送歌声。

2022．2．20

## 花草

朝朝漫步北湖滨，一草一花如故人。
尽管相逢无话语，心中也觉暖如春。

2022．2．24

## 回胥坝

一舟抵达春风岸，田野已开油菜花。
纵使城居千种好，我心依旧在江涯。

2022．3．5

诗·七言绝句

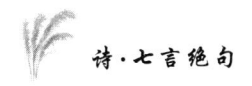

## 人与花
### ——赠刘华先生

笠帽山边朝夕耕，此生合为牡丹生。

人迷倾国倾城貌，花爱刘郎最有情。

2022. 3. 9

## 登华芳假山感怀

草木葱茏小鸟飞，当年亲见假山堆。

莫嗟白发三千丈，树干如今过十围。

2022. 3. 28

## 牡丹园口占

东风浩荡扫余寒，笠帽山边看牡丹。

最爱人间真善美，歌声飞上白云端。

2022. 4. 4

## 池上吟

围绕瑶池走一圈，凝神闲望水中天。

几株春柳投青影，半规明镜最堪怜。

2022. 4. 8

## 湖上吟

点点星星小草花，迎风含笑在湖涯。

白鸥更助春游兴，水上疾飞双翼斜。

2022. 4. 10

## 杜鹃花

路边簇簇杜鹃开,应是园丁着意栽。

小径化为风景线,老翁一日数番来。

2022. 4. 11

## 园外看牡丹

正是江南三月时,小园嘉木倍葳蕤。

隔栏已见花王笑,绝胜剡溪访戴逵。

2022. 4. 11

## 赏新荷

一泓春水出新荷,嫩叶青青荡碧波。

待到花开千朵艳,湖边听唱采莲歌。

2022. 4. 22

## 新荷

春天脚步谁能阻?又见池塘莲叶生。

仙子凌波撑小伞,婷婷袅袅展风情。

2022. 4. 26

## 伊藤芍药

牡丹园里小姑娘,总是姗姗才出场。

一笑嫣然真绝色,游人无不醉芬芳。

2022. 4. 27

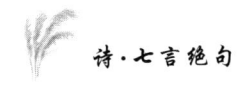

## 牡丹园赏芍药

天王山下小园中，粉蝶翻飞穿绿丛。
花落缤纷逐流水，独留芍药殿春风。

2022. 4. 27

## 天香苑邂逅众驴友

风尘仆仆踏车来，万绿丛中野宴开。
今日欣逢众驴友，何辞一醉饮千杯。

2022. 4. 27

## 食面条

蚕豆青青煮面条，才餐半碗涌心潮。
不禁想起村居事，一缕乡愁待酒浇。

2022. 5. 4

## 读古代廉政诗（五首）

### 一、读［唐］崔颢《澄水如鉴》

池水清澄可照人，莫教污浑染身心。
常能自诫真君子，廉慎传家誉古今。

### 二、读［明］于谦《石灰吟》

歌咏石灰书寸心，为官节俭受人钦。
清清白白名声好，捧读佳诗感慨深。

### 三、读[明]于谦《观书》

注重修为好读书，春光无限在茅庐。
源头活水心头过，洗得尘埃一点无。

### 四、读[清]郑板桥潍县离任诗

告别之时还写竹，回归故里不为官。
士绅百姓长亭送，两袖清风五内安。

### 五、读[清]刘孟扬《戒贪铭》

言辞恳切《戒贪铭》，奉劝官员当觉醒。
富贵如云须看破，为民造福播芳馨。

2022. 5. 9

## 榴花

湖畔独行西复东，连阴天气雨蒙蒙。
正愁无处观风景，万朵榴花一树红。

2022. 5. 12

## 赠吕达余先生

酒溢浓香菜富硒，主人豪气胜虹霓。
今朝做客如何谢，口作俚歌挥笔题。

2022. 5. 21

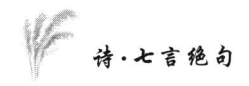

## 出游

五松山上松筠翠,扬子江边花草多。
住在江南佳丽地,出游随手拾诗歌。

2022．5．22

## 赠周玉琴女士

能画能诗能唱歌,爱家爱国爱山河。
天生松竹梅花韵,何惧征途坎坷多?

2022．5．22

## 胥坝采风(三首)

### 一、午收

几阵南风小麦黄,银镰闪闪午收忙。
汗珠化作珍珠粒,一季收成半载粮。

### 二、食枇杷

麦收时节访江村,树树枇杷树树金。
细品甜甜酸涩味,回眸往事动歌吟。

### 三、七仙女

七位仙姑游鹊江,轻移莲步曳霓裳。
星眸闪闪含情笑,柳岸风飘一缕香。

2022．5．22

## 朋友

春树暮云牵梦思,只缘交往最相知。
《高山流水》一支曲,传唱千秋无尽时。

2022. 5. 29

## 问荷

一池莲叶倍清新,几只蜻蜓绕水滨。
香蕾亦曾沾雨露,迟迟未展待何人?

2022. 6. 4

## 赠王昶发先生

征途漫漫乐歌吟,诗海采珠何惧深?
设宴旗亭邀众友,千金一掷见胸襟。

2022. 6. 11

## 故里怀内子

小园寂寂草离离,独坐空阶心内悲。
四十余年共风雨,旧居一望倍思伊。

2022. 6. 27

## 往事回眸(八首)
### ——步风雨斋主人韵

### 一

带领群儿正剥麻,忽闻吆喝卖西瓜。
一经犒赏精神振,战到东方吐月华。

## 二

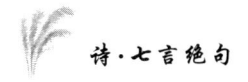

破旧缊袍穿在身，严冬熬过接阳春。
江干风暖垂杨绿，偶得清闲做钓人。

## 三

遥望江天诗思赊，食堪果腹不需嗟。
一灯如豆深宵读，笔意雄浑慕李华。

## 四

一集《涛声》遂结缘，桥头挥别月如镰。
难忘最是春三月，千棵柳树飞柳绵。

## 五

沟渠交错路横斜，远隔尘嚣宜住家。
今日遍尝天下茗，依然留恋大壶茶。

## 六

雉鸲声声在麦田，书生不是地行仙。
才从庠序归来后，又到芳园转一圈。

## 七

尽管吾人有点痴，平生从未吃官司。
只缘信奉先师语，日日皆能读读《诗》。

## 八

虚度光阴七十年，一囊诗草欠佳篇。
从来不梦槐安国，却梦江洲几亩田。

2022. 6. 30

## 赠钱钰女士

金玉满堂真有钱，最为可贵做人贤。
芳园共饮青梅酒，一曲山歌赠女仙。

2022. 7. 3

## 浇花

朝夕浇花花领情，暗将玉蕊叶间生。
观书太久精神倦，忽觉一丝香气清。

2022. 8. 7

## "绿丹兰"酒家雅集

江南女子歌声美，仿佛珍珠落玉盘。
若问群芳谁最好，清纯莫过绿丹兰。

2022. 8. 17

## 赠肖无云同学

穿上军装逐梦行，男儿有志守长城。
任凭世界风云变，看我人民子弟兵。

2022. 8. 19

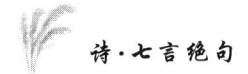

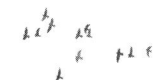

## 黄山避暑

林海苍茫百鸟鸣，山花烂漫小溪清。
桃源一住红尘远，天籁声中事笔耕。

2022．8．30

## 种菜

架头悬挂绿丝条，还有一畦青辣椒。
不管红尘高万丈，小园劳作亦逍遥。

2022．9．3

## 旅途吟（二首）

### 一

渡过江河越过山，须凭勇气破难关。
前方定有桃源境，哪管征途十八弯？

### 二

爱看河流爱看山，人生难得是开颜。
旅途漫漫虽辛苦，一叶扁舟有港湾。

2022．9．15

## 九一八闻警报

当年国耻须牢记，响彻云霄警报鸣。
倘若豺狼来进犯，老翁也敢请长缨。

2022．9．19

## 赠沈局

业余爱好是唐诗，击节歌吟乐不支。
走在清风明月里，风华不减少年时。

2022．9．21

## 紫薇（二首）

### 一

一片芳菲一片霞，抬头闲望紫薇花。
忽然羡慕小飞鸟，能在枝头安个家。

### 二

紫薇何故着花迟？开在秋风萧瑟时。
寂寞情怀惆怅意，可能只有乐天知。

2022．9．21

## 退休教师游群心村

红蓼绿杨烟水汀，相逢何必问年龄？
举杯共庆重阳节，个个皆为老寿星。

2022．9．24

## 赠吴静静女士

一园蔬菜四时新，收获金秋又种春。
垂钓烟波养心志，佳人本色是诗人。

2022．9．25

诗·七言绝句

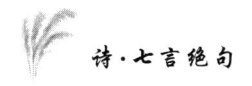

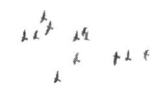

## 赠王万根等乡友

相聚旗亭兴致高，乡情恰似鹊江涛。
人才辈出荣桑梓，生在芳洲倍自豪。

2022．9．26

## 怀念亡妻

踯躅黄昏思老妻，茕茕孑立实堪悲。
多灾多难真无奈，满腹愁情诉与谁？

2022．9．29

## 乡野文化棚即兴（二首）

一

冬瓜肥胖卧田畴，架上丝条每碰头。
时近重阳聚村舍，一杯老酒记乡愁。

二

受赠一篮毛豆角，不禁教我感怀深。
欲知何处民风好，请看农家赤子心。

2022．9．30

## 有感

行船从未遇樵风，白发皤然成老翁。
灾难连连无所惧，阴霾一散太阳红。

2022．10．2

## 佘玉虎老师重九招饮

秋风秋雨送新凉,好借良辰备酒浆。
东道盛情宾客乐,人生难得醉重阳。

2022. 10. 5

## 回故乡

金秋十月小阳春,野菊花开鹊水滨。
一路边行边采撷,清芬醉了返乡人。

2022. 10. 15

## 悦湖酒家口占

何须弹铗食无鱼,酒店旁边即是湖。
鲈脍莼羹一壶酒,主人好客客欢呼。

2022. 10. 21

## 桂花迟开

一树繁花灿灿黄,徘徊小径赏秋光。
重阳已过西风冷,金桂迟开格外香。

2022. 10. 21

## 感怀

鸠鹆声声雨意浓,心情黯淡似天空。
何时日出阴云散,笑看朝霞一片红。

2022. 10. 29

诗·七言绝句

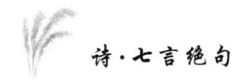

## 黄昏

独立湖边听鸟喧，余霞收尽又黄昏。
悠悠往事来心底，乡思如同鹊水奔。

2022. 11. 9

## 晓行

数九寒天雨雪频，山村已有早行人。
忽闻一缕清香发，喜看梅花又报春。

2023. 1. 3

## 梅园戏咏

红梅相伴白梅开，分外清幽是绿梅。
园主莫非林处士，为何仙鹤未飞来？

2023. 1. 25

## 观擂台

当年豪杰四方来，一决雌雄上擂台。
遥想武林龙虎斗，似闻战鼓响如雷。

2023. 2. 13

## 万丰即景

白鹅叫唤午鸡啼，遥望烟村林木低。
侍弄田禾心熨帖，老农最爱把锄犁。

2023. 2. 18

## 古钱

一枚小小古铜钱，昔日流通人世间。
上有贫民千滴泪，如今化作锈斑斑。

2023．2．19

## 凉亭

小坐凉亭望水天，心怀淡泊自悠然。
红尘尽管高千尺，我却朝朝耕砚田。

2023．2．19

## 百工吟（十首）

### 一、铁匠

焦炭燃烧溅火星，铁锤敲击响叮叮。
锄头犁铧精心造，挥洒汗珠忙不停。

### 二、篾匠

手艺堪称第一流，编成竹器市场投。
大筐小篓装瓜果，更织团筛供晒秋。

### 三、棉匠

手执长弓续续弹，做成絮被御冬寒。
唯期天下春常在，暖暖和和心始安。

## 诗·七言绝句

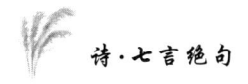

### 四、银匠

手镯耳环银项圈，姑娘佩戴美如仙。
更将心意铸成锁，个个儿童拴百年。

### 五、针匠

店铺新开在水涯，做衣手巧众人夸。
少男衬出潘安貌，女子穿成一朵花。

### 六、木匠

墨线一弹规矩遵，做成器物妙无伦。
斫轮老手知天道，折服庄周颂匠人。

### 七、小炉匠

走在千村万落间，补锅补伞未曾闲。
常言饭碗须端好，摔碎维修实在难。

### 八、泥瓦匠

晨起朝阳未出山，黄昏身倦把家还。
不经瓦匠一双手，哪有住房千万间？

### 九、剃头匠

年少从师学剃头，头难剃也使人愁。
推推剪剪修修面，挣得工钱买米油。

## 十、漆匠

谋生辛苦走西东，刷刷涂涂做漆工。
信笔一挥花鸟出，满堂家具耀霓虹。

2023. 2. 24

## 文兴采风

麦苗碧绿菜花黄，三月汀洲风也香。
试问桃花为谁笑，桥头伫立沐春阳。

2023. 3. 26

## 大山桃花节

千秋佳作千秋诵，万里东风万里春。
人面桃花真烂漫，传奇故事更翻新。

2023. 3. 31

## 山泉

千回百折下山头，一路奔腾不肯休。
人老声音已沙哑，取瓢活水润歌喉。

2023. 3. 31

## 访周潭

鸡啼犬吠见农庄，十里桃花十里香。
村女肩头挎茶篓，大山深处采春光。

2023. 3. 31

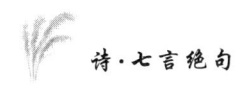

## 长杨即景（二首）

### 一

紫燕临风双翅斜，小荷出水麦扬花。
闲行阡陌看春景，十里芳洲好住家。

### 二

夹道青青是水杉，南来紫燕歇房檐。
午炊现摘新鲜菜，乡下人家日月甜。

2023．4．7

## 回故乡

一船破浪过中流，鹊水清清绕绿洲。
重见沙鸥倍亲切，江花江草解乡愁。

2023．4．9

## 喜看国华农场使用无人机喷农药场景

飞来飞去好翩然，农药均匀洒麦田。
科技提高生产力，春风和煦笑声传。

2023．4．9

## 湖边又飞絮

鹊江常在梦中流，风口浪尖飞白鸥。
柳絮纷纷湖上舞，居然引我动乡愁。

2023．4．10

## 游旭光村

绿树成荫小鸟鸣,池塘澄澈水风清。
流连美景时停步,诗友遥呼催我行。

2023. 4. 16

## 芍药园即景

又到梧桐花谷来,恰逢红药漫园开。
甘心笑在群芳后,我为高风干一杯。

2023. 4. 21

## 见友人掰竹笋

鸟啼花谷静幽幽,泉水潺潺碧涧流。
折取山边几根笋,少年往事上心头。

2023. 4. 21

## 旗亭雅集

小聚旗亭兴趣高,任凭窗外雨潇潇。
喝干东道瓶中酒,邀约诗朋去弄潮。

2023. 4. 23

## 黄昏小雨

路上行人水上凫,树林山岛半模糊。
撑开一伞湖边立,闲看江南烟雨图。

2023. 5. 21

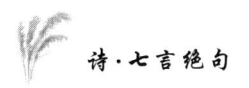

## 买新鲜玉米煮食

一绺红缨苞谷槌，浑身竟着数重衣。
口尝玉粒怀乡梓，田地荒芜胡不归？

2023. 6. 16

## 雨中行

仲夏居然凉似秋，湖边独步慢悠悠。
绵绵不断黄梅雨，仿佛人生无尽愁。

2023. 6. 19

## 赠东道主章卫星老师

诗朋设宴又相邀，且把金樽再举高。
若问心情何所似，鹊江发水卷波涛。

2023. 6. 26

## 湖畔小立

锦鳞摆尾亦从容，白蝶盘旋青草丛。
闲立林荫看风景，荷花一笑脸绯红。

2023. 7. 3

## 赠诗友王宏书

一把遮阳遮雨伞，伴随弄玉佩珠人。
吟风吟月吟山水，一路芬芳一路春。

2023. 7. 9

## 王才女乞画许老师

诗画同源是一家，老师善写牡丹花。
诗人乞画丹青手，笔下花开艳若霞。

2023．7．9

## 栽花

觅得群芳亲手栽，阳台从此变花台。
清风有意穿窗过，吹送幽香入室来。

2023．7．29

## 听戴敏女士唱《梨花颂》

梨花一曲动柔肠，花谢花飞莫感伤。
四季轮回是规律，来春花放又飘香。

2023．7．31

## 讲红色故事感赋

常忆先人斗敌顽，临危不惧巧周旋。
鹊江故事年年说，爱国精神代代传。

2023．8．1

## 人生感悟

人生渺小莫嗟呀，瀚海之中一粒沙。
百载光阴驹过隙，何须汲汲逐荣华？

2023．9．3

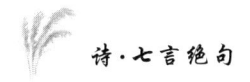

## 读史有感

力拔山兮举世惊，亦闻一箭取辽城。
搴旗斩将寻常事，战胜自家才算赢。

2023．9．9

## 周宗雄先生招饮，即席口占

东道邀朋聚酒楼，金樽一举醉金秋。
从来不说年华老，湖海江河敢弄舟。

2023．9．10

## 赠老友巫济川

皖香居里乐重逢，相视皆为白发翁。
莫道人生年岁老，友情依旧在心中。

2023．9．11

## 赠姚成茂先生

芳草萋萋花满林，山山岭岭白云深。
一车跑遍乡村路，三寸柔毫写寸心。

2023．9．11

## 夜市

桥头晚市又开张，苹果雪梨装满筐。
一袋秋光提在手，归途更觉夜风香。

2023．9．24

## 登山

冈峦起伏水潺潺，荆棘丛生小道弯。
欲览人间绝佳景，还需登上最高山。

2023. 9. 27

## 胥坝渡口

胜日偕朋又出游，重来故里紫沙洲。
心潮恰似长江水，波浪翻腾欢快流。

2023. 10. 5

## 秋访群心村

诗云秋日胜芳春，桂子香飘鹊水滨。
晚稻金黄毛豆熟，风光醉了采风人。

2023. 10. 5

## 群心村诗歌节即兴

重阳前夕聚群心，首首诗歌写赤忱。
吟唱田园劳作事，农民兄弟是知音。

2023. 10. 22

## 庆贺胥坝诗词学会成立工会

和煦春风拂水涯，诗人心内乐开花。
社团组织建工会，全市堪称头一家。

2023. 12. 2

## 诗·七言绝句

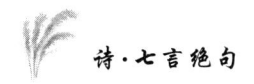

### 北湖晚望

玉树琼枝映北湖，黄昏未见老渔夫。
小舟停泊芦花岸，雪霁山川如画图。

2023．12．19

### 晚年

眼未昏花背未驼，出游随手拾诗歌。
山光水色装囊内，有梦之人快乐多。

2023．12．19

### 赠洪成田先生

感谢先生又做东，围炉笑饮两三盅。
莫愁雪后寒风烈，转眼桃花满树红。

2023．12．20

### 岁暮吟

北湖漾漾泛微波，小鸟归飞投树窝。
回首人生风雨路，悲歌不唱唱欢歌。

2023．12．31

### 元旦

遥望东方现彩霞，窗前闲品一杯茶。
蓦然想起来时路，乡思悠悠绕紫沙。

2024．1．1

## 赠乡友

新春赴约笑登楼，山影模糊晚照收。
把酒闲聊故乡事，何时同去紫沙洲？

2024．1．4

## 乡友小聚

远处青山披晚霞，老农把酒话桑麻。
早经入住城关镇，总是频频梦紫沙。

2024．1．12

## 观景有感

点点星星乌桕籽，宛如一树白梅开。
歌吟风景求鲜活，还靠诗人有别才。

2024．1．13

## 天井湖边

垂杨尚未吐新芽，九曲桥头遇女娃。
莫道深冬天气冷，分明看见报春花。

2024．1．13

## 湖边闲行

手持一伞走湖滨，欲觅春光未见春。
尽管寒风吹细雨，水边仍有钓鱼人。

2024．1．31

## 诗·七言绝句

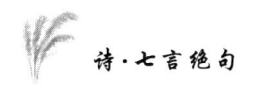

### 在应飞所设酒宴上作

谁家饭店似农庄，土菜烹调分外香。
桌上玲珑小盆景，一枝青翠露春光。

2024. 2. 5

### 元日偶成

声声爆竹闹新春，我却依然步水滨。
更有情怀超脱者，大年初一也垂纶。

2024. 2. 10

### 北湖晚景

星儿未出月牙孤，云影霞光映北湖。
一幅天然风景画，点睛之笔是游凫。

2024. 2. 13

### 黄昏

北湖水面布愁云，细雨蒙蒙灯火昏。
踽踽独行心寂寞，不禁又忆紫沙村。

2024. 2. 19

### 即景

白的清新红的艳，几株桃李笑春风。
心怡小苑花香漫，老叟悠然举酒盅。

2024. 2. 29

## 诗友重逢即兴

一年伊始喜相逢,席上高高举酒盅。
只要内心存大爱,人间无处不春风。

2024.3.2

## 读阮丰年先生散文《割芦苇》

回眸昔日割黄芦,雾漫江天似画图。
喜看今朝新气象,纵情歌唱美铜都。

2024.3.12

## 李克义先生请客,与宴口占

主人好客设春筵,芦笋蒌蒿格外鲜。
尽管窗前飘细雨,心中却有艳阳天。

2024.3.17

## 诗会即兴

菜花敷粉柳含烟,风里飘香三月天。
潮汛初来征棹发,歌声飞到白云边。

2024.3.24

## 湖畔吟

时雨时晴三月天,黄昏独步北湖边。
何时一棹回胥坝,去看江洲杨柳烟。

2024.3.27

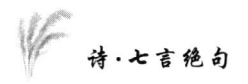

## 小馆就餐

一道河渠户外斜，桥头世代住孙家。
日中小酌山村店，笑看田园油菜花。

2024. 3. 30

## 赠农艺师刘华

小园劳作似农家，不嗜香烟不嗜茶。
若问刘郎何所好，平生最爱牡丹花。

2024. 4. 1

## 吊唁姐丈崔后发

哀乐低回伤永别，灵前肃立泪珠垂。
一生辛苦耕田地，美德赢来好口碑。

2024. 4. 1

## 清明悼内子

柳絮悠悠湖畔飞，追怀往事泪珠挥。
伊人驾鹤瑶池去，望断天涯不见归。

2024. 4. 4

## 湖边偶见

谁在黄昏垂钓纶，旁边相伴有红巾。
撑开花伞遮风雨，一幕情形最动人。

2024. 4. 5

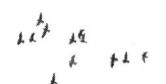

## 沈光明先生请客，席上口占

一桌佳肴热气腾，酒酣击箸起歌声。
功名利禄浮云耳，爱唱高山流水情。

2024. 4. 6

## 游缸窑湖（二首）

### 一

万顷波涛铺绿绸，缸窑湖上荡轻舟。
小山两座如天目，李白当年是否游？

### 二

鸥鹭盘旋万亩湖，渔人爱在水边居。
一张网罟一双桨，出没风波还自如。

2024. 4. 16

## 翠竹禅寺

菩提树下能成佛，翠竹林中可悟禅。
一代高僧衣钵在，山门日日绕香烟。

2024. 4. 16

## 双龙洞

风调雨顺惠山冲，万亩良田五谷丰。
石洞幽幽流水碧，原来此处有双龙。

2024. 4. 16

## 竹笋

长冲十里好山河,溪涧两旁春笋多。
又给五峰添绿色,新生事物最堪歌。

2024. 4. 16

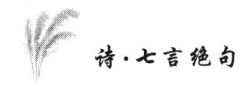

## 赠张启明先生

笑语声中高举杯,一场宴会午时开。
五松诗苑添才俊,一颗新星升起来。

2024. 4. 17

## 赠画家李明

东方既白是黎明,夜气渐消阳气生。
红日一轮喷薄出,写山写水又登程。

2024. 5. 3

## 冬瓜山铜矿采风(三首)

### 一、采矿

冬瓜山下主人翁,挥汗甘为采矿工。
爆破声中传捷报,井深千米党旗红。

### 二、选矿

球磨机转似雷鸣,选矿流程工艺精。
铜铁金银分类别,凯歌高唱抒豪情。

### 三、采风

铜业我为门外汉，虚心请教老工人。
求知更学高标格，好写矿山风貌新。

2024. 5. 10

### 菜园即景

树枝搭架豆牵藤，蝴蝶翩翩飞不停。
村妇将炊中午饭，弯腰摘取一篮青。

2024. 5. 11

### 赠《铜陵日报》王陵萍主任

退迩闻名女作家，副刊编得像枝花。
园丁品格文姬笔，心远卜居湖水涯。

2024. 5. 16

### 闲望

近来天气半晴阴，远处峰峦颜色深。
仿佛谁人泼浓墨，精心画出小山岑。

2024. 5. 22

### 铜官雨霁

黄昏小立北湖边，遥望云屯峻岭巅。
仿佛当年冶铜矿，深山飘出一炉烟。

2024. 7. 1

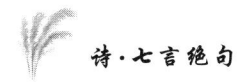

## 湖边闲吟

凫鸟闲游曳水纹，青蛙时唱北湖滨。
千张荷叶参差绿，阵阵花香醉了人。

2024．7．5

## 听巫和玉歌声感赋

酒杯一举歌声起，岁月峥嵘从未忘。
白发丹心豪气在，愿将余热献家乡。

2024．7．18

## 怀乡

老家就在紫沙洲，看惯浪尖飞白鸥。
一颗童心依旧在，尚思横笛牧青牛。

2024．7．20

## 绿萝

桑拿天气日光强，知了不鸣飞鸟藏。
闲看窗台藤叶绿，心头忽觉一丝凉。

2024．8．12

## 诗 · 五言律诗

### 观大江

滚滚波涛卷，茫茫远接天。
一江流日夜，两岸好山川。
鸥鹭飞翔疾，舳舻来往喧。
从来争战地，盛世息烽烟。

1967．2．30

### 江岸即景

小驻长堤曲，悠然望大千。
粼粼江息浪，袅袅柳含烟。
蝶舞丛花上，鸥飞百舸前。
芳洲春色美，处处可流连。

1967．3．8

### 月下怀友

柳丝轻弄影，月色皎如霜。
春暖蛙声急，花秾雾气香。
风晨同散步，雨夕共称觞。
良友居何处？思之不可忘。

1967．3．24

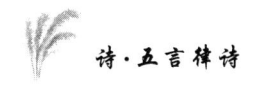

## 应谢有文兄之邀游泉栏

信步羊肠道，山光照眼明。
松奇生石罅，鸟语伴泉声。
雨后岩花重，风前筱竹轻。
同游复同乐，深感鹡鸰情。

1967. 5. 2

## 锄草

把锄薅杂草，大豆始开花。
热汗牛衣湿，骄阳破帽遮。
农忙休歇晌，力倦未回家。
一阵嘻嘻笑，垂髫送柳茶。

1967. 5. 20

## 元日感怀

光阴驹过隙，转眼又新年。
冬日棉衣薄，春联墨迹鲜。
躬耕挥汗水，苦读断韦编。
岁岁贫如故，心忧难入眠。

1969. 2. 17

## 访祝村

径曲随峰转，花开点绿坡。
澄潭凝碧玉，峭壁挂青萝。
稻秀香风远，莺啼韵味多。
有情山里雨，客至乃滂沱。

1977. 8. 23

## 一年得二孙喜赋

桑榆诚有幸，双喜降柴荆。
玉树庭前发，香兰砌畔生。
育苗需趁早，施教要倾情。
他日鲲鹏起，抟风万里征。

2001. 10. 10

## 神舟六号发射成功

一箭射青冥，英雄结伴行。
嫦娥舒袖舞，吴质举杯迎。
各诉相思苦，咸言阔别情。
试看云开处，神州喜气萦。

2005. 10. 12

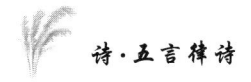

## 排律一首
——谨步章尚朴先生《读〈涛声集〉诗作有感》原韵

韵语缘情作，时敲警世钟。
诛奸挥利剑，劝善拂和风。
日月光辉耀，山川气势雄。
莺啼千里绿，雨润百花红。
万象凭裁剪，霞燃鹊岸枫。

2006．12．8

## 夜雨怀内

五松风雨夜，心系小江村。
屋老孤灯暗，身衰双目昏。
长年耕垄亩，一意为儿孙。
今世难酬报，黔娄愧大恩。

2007．9．19

## 返乡献《涛声集》

赠书还故里，晓渡一川霞。
日照芳洲树，江腾雪浪花。
乡情浓似酒，盛事乐无涯。
离别频回首，依依恋紫沙。

2008．1．7

## 地震汶川（三首）

2008年5月12日下午2时28分，四川汶川发生8.0级地震，人民生命财产遭受了巨大损失。举国上下抗震救灾，气壮山河，特赋诗以志之。

一

造化真难测，惊闻震汶川。
楼房成瓦砾，乡邑断炊烟。
山塌交通阻，身埋望眼穿。
救人如救火，生命大于天。

二

地震何残酷，灾情举世牵。
中枢施号令，领袖赴前沿。
十万雄兵发，八方财物捐。
扶伤还救死，骨肉总相连。

三

地动山摇日，英雄辈出时。
救灾劳战士，起死有良医。
学子危房脱，恩师大难罹。
令人歌复泣，万古树丰碑。

2008.5.19

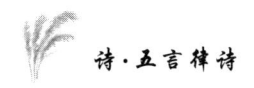

## 春访黟县

皖南风物好，泉水碧淙淙。
山叠千重翠，花开万簇红。
名村招远客，佳茗出高峰。
黟县民居古，徽商有大功。

2011. 4. 17

## 咏居民小区豪邦康城

择地筑琼楼，康城环境优。
花娇红艳艳，草浅绿油油。
闹市遥相隔，飞禽爱逗留。
树荫遮夏日，凉爽似清秋。

2011. 6. 26

## 天井湖

一径穿湖过，天光映碧涟。
柳丝垂袅袅，鸥影去翩翩。
登岛宜消暑，划桡自驾船。
闲行清静地，俗虑化风烟。

2011. 8. 14

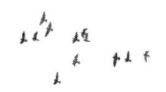

## 回胥坝

江上微微雨，洲头下渡船。
林深闻鸟语，池碧见花鲢。
乡党多相识，老街无变迁。
屐痕留处处，往事若云烟。

2011. 10. 29

## 与石对话（二首）

湖滩散置鹅卵石，既成点缀，又可小坐。夜梦与石对话，醒而记之。

### 一、叩石

顽石生何处，历时多少年？
水冲多滑润，风蚀竟溜圆。
离别深山里，迁来曲岸前。
沧桑难逆料，偶遇有因缘。

### 二、石答

女娲亲手炼，太古已忘年。
内质何曾改，外形无奈圆。
出山成景致，逢友忆从前。
汝本渔樵者，三生合有缘。

2012. 4. 15

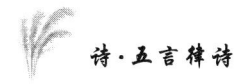

## 故乡

芳洲云水地,陌上野花开。
江面千舟过,沙滩白鹭来。
地偏多草木,气爽少尘埃。
一别思乡梓,时常梦里回。

2012. 5. 30

## 渔夫

心甘守一湖,筑室岸边居。
停棹因收网,沿街去卖鱼。
群鸥为侣伴,浊酒就园蔬。
不受功名累,人生好自如。

2012. 9. 16

## 缅怀黄梅戏大师严凤英

天生嗓音好,顾盼自含情。
玉蝶花间舞,娇莺树上鸣。
才华诚卓越,命运不公平。
一看黄梅戏,即怀严凤英。

2012. 9. 17

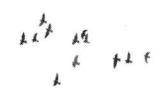

### 回乡做客于友人家

塞鸿排字过,农事正繁忙。
田野棉花白,秋风大豆黄。
摘蔬炊午饭,把酒话家常。
思绪如江水,长年绕故乡。

2012. 11. 6

### 中华诗词学会顾问梁东先生莅临胥坝指导诗教暨全国诗词之乡创建工作

鹊水粼粼碧,含情脉脉流。
渡船鸣汽笛,骚客访江洲。
公为儿童计,心存天下忧。
挥毫龙凤舞,诗教载春秋。

2012. 11. 9

### 观凫雏得趣

凫雏诚可爱,嬉戏在荷塘。
潜水为时短,噙鱼仅寸长。
咻咻追小伴,急急拨微澜。
野趣闲中得,归来乐未央。

2013. 6. 20

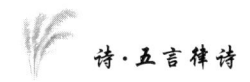

## 游览天井湖感赋

沙鸥栖息地，日日爱徘徊。
莲叶留清露，渔翁立钓台。
心闲宜赏景，人老莫生哀。
一世无成就，何妨笑口开？

2013. 7. 12

## 踏青
——用诗家马凯《开春感怀》韵

江南春草绿，处处沐晴晖。
杨柳轻盈舞，东风和煦吹。
踏青忘远近，赏景醉芳菲。
傍午炊烟起，才从陌上归。

2013. 8. 19

## 次韵诗家马凯《雪日读书有感》

傲雪梅花俏，芸窗别有春。
读书能受益，作赋欲传神。
俊杰开新局，乡民改旧村。
心怀中国梦，一代弄潮人。

2013. 8. 20

## 乡村岁月

家住垂杨岸，门前场圃开。
绕篱皆是菊，傍墉更栽梅。
假日耕南亩，平时上讲台。
劳心复劳力，奔走鹊江隈。

2013．8．27

## 务农生涯

稼穑度生涯，居家在紫沙。
金黄收小麦，雪白拾棉花。
下地迎朝日，歇工披晚霞。
如今人已老，长忆好年华。

2013．8．29

## 听德余先生说当年豪饮事，作此首

荷锄回老屋，新月照江皋。
乘兴邀诸友，开怀饮浊醪。
千杯分胜负，一座尽酕醄。
回首当年事，心中卷浪涛。

2013．11．7

## 颂诗词之乡——胥坝

四周江水绕，绿树护村庄。
物产丰饶地，风光秀丽乡。
纵情歌盛世，挥笔赋华章。
万众齐追梦，扬帆更远航。

2013．12．2

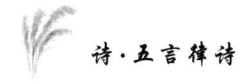

## 春雪

春雪悄悄下，早晨犹未停。
梨花羞圣洁，风絮逊轻灵。
鸟匿皆无影，山藏不现形。
休嗟寒气重，转眼柳条青。

2014. 2. 14

## 五松怀古

悠然行石径，湖水碧溶溶。
日暖飞蝴蝶，花开引蜜蜂。
坡仙留丽句，山谷有遗踪。
一碗雕胡饭，千秋说五松。

2014. 4. 18

## 乡村二月

一到乡村里，春光分外妍。
柳条长蘸水，麦浪远连天。
喔喔鸡啼歇，猖猖犬吠喧。
老农闲不住，二月已耕田。

2015. 3. 23

## 回首少年事

老大舒心少，少年欢乐多。
牧牛吹竹笛，击水跃江波。
曾挖龙湖藕，每掏麻雀窝。
回眸仍有趣，感叹作斯歌。

2015. 7. 30

## 少年时代

回眸年少日，心内颇辛酸。
挖藕龙湖套，打柴蒿草滩。
屋低三夏热，衣薄九冬寒。
独立撑门户，早知生活难。

2015．8．16

## 忆灾年与吾妹菊霞赴龙湖捕虾事

遭灾黎庶苦，糠菜度生涯。
终岁难餐肉，侵晨去捕虾。
鸿飞排一字，地冻结霜华。
傍午饥肠转，回家夕照斜。
此情犹在目，枉过好年华。

2015．8．19

## 访美好乡村——犁桥

楼阁成排立，檐前飞燕多。
雄鸡啼小院，花鸭戏清波。
耳畔吴音软，村中百姓和。
良田香稻熟，老叟醉颜酡。

2015．9．20

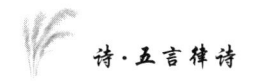

## 中秋思故乡

信步湖边路，秋风拂我衣。
草虫吟夜曲，碧月洒银辉。
久在城关住，时伤梓里违。
小园金桂发，何日动身归？

2015. 9. 27

## 冬日回胥坝

旷野霜华白，朔风天气寒。
渡船行鹊水，征雁叫云端。
踏上黄芦岸，还经古柳滩。
沿途怀旧事，心底卷波澜。

2016. 1. 14

## "四渡赤水"歌

赤水奔流急，红军四渡河。
敌人来势猛，主席计谋多。
壮士挥刀剑，征途破网罗。
风雷动天地，万里卷洪波。

2016. 1. 31

## 赠外孙王科

三间居室雅，一钵绿萝青。
树上蝉声歇，心中百感生。
甘罗①做丞相，元敬②是干城。
立下凌云志，还须学业精。

注：①甘罗，战国时楚国下蔡人，少年政治家，十四岁被秦王封为上卿（相当于丞相）。

②戚继光，字元敬，明朝抗倭名将，民族英雄。

2017．7．6

## 访乡野文化棚汪世本先生

乡野风光好，平房君子居。
枝头悬柿子，园内种青蔬。
装裱千张画，收藏万卷书。
多年怀一梦，心赤似当初。

2017．9．4

## 煮食干豆角，怀念亡妻

去年干豆角，颜色尚金黄。
菜系伊人晒，口餐滋味香。
老翁怀往事，小女悼亲娘。
停箸含悲咏，潸然泪两行。

2018．7．11

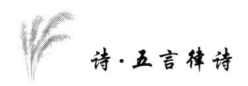

## 丰收季·全鱼宴
### ——胥坝乡第二届乡村文化旅游节即兴

江渚欢声动，金秋盛宴开。
鱼虾装满钵，瓜果叠成堆。
囤贮千钟粟，家存万贯财。
村民追国梦，快马绝尘埃。

2018. 12. 1

## 题大士阁

古寺巍然立，木荣香气清。
诵经求觉悟，克己重修行。
甘受山门苦，唯期世道平。
禅师勤佛事，幽谷荡钟声。

2019. 10. 27

## 赠叶明镜老师

客至心中喜，品茶将话聊。
种桃挥汗水，听雨植芭蕉。
池养鱼千尾，情钟酒一瓢。
平生最潇洒，乡野乐逍遥。

2020. 4. 11

## 咏茉莉

叶润黄梅雨，花开鹊水滨。
恍如骑凤女，抑或佩珠人。
娇艳犹含笑，清新不染尘。
浑身透香气，相伴亦相亲。

2020．7．6

## 徐崇平伉俪宴请众友

满桌是佳肴，宾朋谈兴高。
吟诗尊李白，煮酒话曹操。
管鲍终生友，功名鸿雁毛。
须眉皆出色，更有女中豪。

2020．10．5

## 游石台黄崖谷、慈云洞

又到重阳节，欣然一日游。
傍崖行栈道，临涧看溪流。
钟乳三千挂，慈云几万秋？
山川奇绝处，兴起放歌喉。

2020．10．25

## 做客乡野文化棚

一瓮桃花酒，殷勤宴众宾。
窗前飞细雪，室内是阳春。
瓦罐煨排骨，砂锅煮小鳞。
为人真厚道，感叹老农民。

2020．12．1

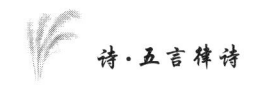

## 词客

词客洵风雅，歌吟鹊水滨。
江豚闻起舞，鸥鸟乐相亲。
汗筑人生梦，心连垄亩民。
琴声飘荡处，洲渚百花春。

2020. 12. 31

## 元日抒怀

元日喜天晴，湖边自在行。
梅花香朵朵，喜鹊叫声声。
每忆耕田事，长怀报国情。
冯唐犹未老，跃马上征程。

2021. 1. 1

## 客至

连朝飘细雨，空谷响跫音。
来客谙风雅，烹茶论古今。
诗吟鸿鹄志，兴寄七弦琴。
不叹年华老，犹存进取心。

2021. 1. 26

## 忆儿时"送灶"事

缕缕香烟绕，良宵祭灶神。
一杯茶水供，几碟点心陈。
作揖行仪式，分糖望母亲。
时逢小年夜，往事记犹新。

2021. 2. 4

## 有感于陈七一主任撰文评论王德余先生《风雨斋诗草》

　　君如常赞府，公似李青莲。
　　相识五松下，结成文字缘。
　　诗人歌白雪，时彦著鸿篇。
　　流水高山曲，千秋佳话传。

2021. 5. 20

## 咏金家老夫人所垦之园

　　金家小菜园，就在鹊江边。
　　翠竹清风曳，红苕绿蔓牵。
　　孺人曾垦壤，鹤驾已升天。
　　儿女怀慈母，同耕半亩田。

2021. 5. 26

## 触景感怀

　　一池瓜蔓水，几朵白莲花。
　　逐浪鱼儿乐，迎风燕子斜。
　　他人迷景物，老圃爱桑麻。
　　豆麦归仓否？心中念紫沙。

2021. 6. 8

## 北湖吟

　　北湖诚福地，朝夕爱徘徊。
　　春赏临风柳，冬寻傲雪梅。
　　铜官凝紫气，弦乐起歌台。
　　老友时常遇，闲聊亦快哉！

2021. 6. 24

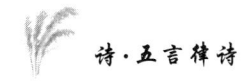

## 银杏

路畔栽银杏，今成一片林。
行人停脚步，树下吊清阴。
春夏枝枝翠，秋冬叶叶金。
窗前呈景致，堪慰老翁心。

2021. 6. 26

## 湖滩石

磊磊湖边石，万状引人看。
方正如书桌，团圆似玉盘。
牛羊卧荒草，龟鳖伏晴滩。
未作良材用，徒然当景观。

2021. 6. 30

## 乡思

常梦鹊江湾，风光不一般。
蝶飞芳草地，水漫紫沙滩。
晴日耕田亩，雨天垂钓竿。
何时回故里，乡下乐盘桓。

2021. 9. 30

## 航天咏

一箭上青冥，银河驾小舲。
遥观月宫美，似觉桂花馨。
驿站凌霄汉，红旗插火星。
中华日强大，百姓乐安宁。

2021. 10. 3

## 巢湖纪游

旅途车速快，远处雾蒙蒙。
山麓松林翠，村头柿子红。
滔滔三尺浪，猎猎一帆风。
登上湖心岛，行吟细雨中。

2021. 10. 10

## 巢湖怀古

洗耳污河水，饮牛趋上游。
堪怜范增智，难与项王谋。
峭壁牡丹艳，吕翁千载羞。
湖边徒吊古，杯酒酹清秋。

2021. 10. 10

## 重阳思故乡

密密麻麻雨，清清冷冷秋。
登高忧路滑，饮酒解乡愁。
故里茅庐在，门前鹊水流。
东篱菊花笑，何不返江洲？

2021. 10. 19

## 立冬感怀

今朝是立冬，镇日刮狂风。
横扫枝头叶，吹来塞外鸿。
厅堂空寂寂，岁月太匆匆。
堪叹红尘客，旋成白发翁。

2021. 11. 11

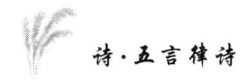

## 黄檀吟

一见黄檀树，如闻伐木歌。
声声皆血泪，句句动心窝。
铭记中华史，勿忘灾难多。
今朝民做主，筑梦乐呵呵。

2021. 12. 2

## 西湖湿地纪游

偕朋游湿地，纵目小西湖。
碧宇飞鸿雁，清波戏野凫。
梅开香气出，日朗众人愉。
待到春风暖，乘舟去采珠。

2022. 1. 24

## 小年随感

细雨蒙蒙下，今朝是小年。
三杯汾酒醉，一碟鲫鱼鲜。
非分何须想？清心最易眠。
人生应豁达，万事要随缘。

2022. 1. 25

## 打年货

造化开玩笑，连朝未放晴。
仍将年货买，何惧雨中行？
一袋新鲜菜，满场喧闹声。
迎春心喜悦，逐梦有豪情。

2022. 1. 26

## 腊月搞卫生

春节将来到，黎明即起身。
除尘挥扫帚，拭镜用毛巾。
炊具晶晶亮，厅堂崭崭新。
灵台更需洗，做个素心人。

2022．1．27

## 点赞小女厨艺

小女下厨房，烹调分外忙。
红烧五花肉，清炖老鸡汤。
藕片浇蜂蜜，荸荠添白糖。
浑如大师傅，谁个不赞扬！

2022．1．29

## 看王科在紫沙旧居之留影

又到姥爷家，幺孙恋紫沙。
今成美男子，昔是小娇娃。
田野追蝴蝶，河沟捉米虾。
回眸年幼事，久久立江涯。

2022．1．30

## 欢度除夕

春联添喜气，歌舞伴丝弦。
盏盏红灯挂，家家笑语喧。
平时各分散，今夕庆团圆。
连喝三杯酒，笑迎新一年。

2022．1．31

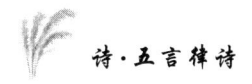

## 老顽童

江洲白发翁，一个老顽童。
做菜还需学，吟诗总欠工。
笔耕仍不辍，其乐竟无穷。
日子糊涂过，至今腰未弓。

2022．2．6

## 下雪

一冬常下雨，人日雪花飘。
老柳胡须白，红梅面颊娇。
凝冰灭虫卵，化水润春苗。
待到江河醒，乘舟去弄潮。

2022．2．7

## 回眸年少事

故土紫沙洲，小江村外流。
沙滩生绿草，拂晓牧黄牛。
吹响临风笛，惊飞戏浪鸥。
回眸年少事，白首不胜愁。

2022．2．23

## 忆内子生前最后一次去住院离家时之情形

五载过端阳，吾心总感伤。
贤妻离住宅，泪眼望门框。
作别难分手，临行欲断肠。
追怀斯一幕，每每涕沾裳。

2022．6．4

## 咏铜陵

铜陵多物产,八宝誉天涯。
李白曾回袖,涪翁拟住家。
龙腾鹊江水,凤送牡丹花。
百业今尤盛,世人无不夸。

2022.6.28

## 小城雨霁

村翁欲出门,白雨为清尘。
天际霓虹现,莲池花叶新。
香飘风习习,鱼戏浪粼粼。
观景心愉悦,行歌鹊水滨。

2022.7.23

## 凤眼花

伏天何等热,凤眼竟张开。
白鸟成群至,锦鳞衔尾来。
花红似含笑,叶碧未沾埃。
不愿为盆景,甘居在水隈。

2022.7.28

## 雷雨

耀眼闪金电,惊心鸣巨雷。
窗棚顿时响,暴雨忽然来。
飞鸟投林疾,行人快步回。
须臾天转好,大地净尘埃。

2022.7.31

## 倦卧

仿佛在江洲，内人忙午收。
褰衣聊拭汗，割麦不抬头。
落后离伊远，难追令我愁。
醒来原是梦，窗外鸟啾啾。

2022. 8. 7

## 山居人家

朝夕望青山，峰巅如翠鬟。
春回花俏丽，秋至叶斑斓。
石上流泉过，林中飞鸟还。
红尘相隔远，自在又清闲。

2022. 8. 10

## 贺仇笑平主任光荣退休

退居林下好，本是一诗家。
五岳寻高士，东篱赏菊花。
临池挥笔墨，寄兴咏桑麻。
名利浑抛却，心如天地遐。

2022. 8. 26

## 铜籼农庄采风

细细龙潭雨，微微旷野风。
田田荷叶碧，点点豆花红。
晚稻抽新穗，雏鸡啄草虫。
闲行青陌上，如在画图中。

2022. 9. 4

## 做客铜籼农庄

围桌欣然坐，田家饭菜香。
鱼汤鲜可口，藕片白如霜。
客醉非琼液，情真数老乡。
一谈追梦事，阵阵笑声扬。

2022. 9. 5

## 补衣刺伤手指戏咏

穿针针孔小，老是出偏差。
灯下棉衣补，线纹秋雁斜。
指伤流热血，袄旧印红花。
家务从头学，桑榆暗自嗟。

2022. 9. 11

## 湖畔闲吟

小女来炊爨，老翁方得闲。
弯腰拾花蕊，纵目望南山。
云彩浮天际，渔舟泊水湾。
群鸥迎送我，乘兴踏歌还。

2022. 9. 17

## 寅年重阳好友相聚

清风除燠热，细雨净尘埃。
篱菊初开蕾，重阳又举杯。
有缘方会聚，竟夕乐相陪。
百岁何其短，应将笑口开。

2022. 10. 4

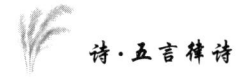

## 梦旧居

篱畔菊花开，故乡今又回。
老墙生绿藓，旧灶积层埃。
寂寞园中桂，伶仃户外梅。
鸟啼天已晓，梦醒有余哀。

2022. 10. 14

## 赠盛晓虎先生

莫道萧斋小，堪容一榻眠。
词承辛弃疾，书学柳公权。
标格如冰竹，平生耕砚田。
辛勤植桃李，谁不说君贤？

2022. 10. 21

## 金秋诗会

盛会遇良辰，友朋相见亲。
红歌堪励志，京剧妙无伦。
笛奏凌云曲，诗吟追梦人。
植根肥沃壤，文艺逐时新。

2022. 11. 5

## 月牙儿

初四蛾眉月，低悬杨柳枝。
闲观良夜景，忽忆少年时。
吹笛桃花渡，捕虾青草池。
一钩如往昔，黑发变银丝。

2022. 11. 12

## 诗友见访

客从湖上来，老叟乐相陪。
一世知音少，几回襟抱开？
难知今后事，且尽眼前杯。
唯盼身长健，共登歌咏台。

2022. 11. 16

## 怀念母亲

虽然须发白，尚忆老人家。
每日忙厨事，随时有热茶。
吾心耽笔墨，内子务桑麻。
皆得先慈助，怀思堕泪花。

2022. 12. 14

## 夜梦

茅庐常漏雨，内子自维修。
沟缝填充草，灰尘迷了眸。
扶梯干着急，出事倍担忧。
梦醒天将晓，潜然老泪流。

2022. 12. 26

## 岁晏吟

寅年将过去，天气乍晴和。
人老仍追梦，兴来犹作歌。
颂扬新日月，描绘好山河。
已见梅花笑，莫愁风雪多。

2023. 1. 9

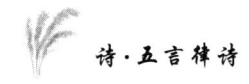

## 湖边感吟

一场春雨霁，小草透新芽。
缓缓行湖畔，深深怀紫沙。
旧门犹挂锁，游子未回家。
窗外蜡梅树，年年空着花。

2023．1．24

## 戏咏

元日天阴雨，初三出太阳。
毛巾揩水渍，被褥晒南窗。
忽有行云过，竟将春雪扬。
深宵才就枕，似觉柳花香。

2023．1．25

## 闲望

驱寒宜曝日，久立北湖边。
招手邀飞鹭，抬头望远天。
高楼连碧宇，翠岭绕晴烟。
一阵清风至，谁家弄管弦？

2023．1．27

## 观竹有咏

幽篁枝叶翠，摇曳北湖边。
结伴称三友，知音有七贤。
板桥怜百姓，橡笔写诗篇。
观竹怀君子，品高名自传。

2023．1．28

## 山东村河上摆渡人

往返东西岸，朝朝接送人。
舟行风习习，桨荡浪粼粼。
度过炎炎夏，迎来煦煦春。
安全时刻记，守望在河津。

2023．4．5

## 访西联镇山东村

双棹荡清波，乘舟渡过河。
堤边芳草绿，水上钓竿多。
足踏康庄道，口吟欢乐歌。
乡村风景美，花气醉心窝。

2023．4．5

## 访胥坝乡长杨村

胜日访长杨，村民乐小康。
东风化春雨，旧屋变楼房。
鱼戏池塘碧，鸡啼午饭香。
连心桥上立，歌咏好风光。

2023．4．7

## 应柳春先生之邀游群心村

柳絮飘河岸，春波荡绿萍。
睡莲花朵白，蒲草叶儿青。
漫步林荫道，吟诗烟水汀。
殷勤东道主，邀我上旗亭。

2023．4．19

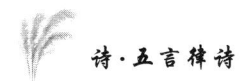

## 湖上吟

闲行湖上路，小立钓鱼矶。
涯涘青蛙叫，花间蛱蝶飞。
新荷摇绿叶，碧水映晴晖。
远处山如画，白云浮翠微。

2023．5．12

## 故园老柳

外滩杨柳树，绿叶满枝丫。
老干迎狂浪，深根扎紫沙。
曾拴孤棹缆，亦映半江霞。
村叟他乡去，依然守水涯。

2023．5．13

## 回旧居，叫志舒斫去杂乱之树枝

后院已荒凉，浓荫蔽灶房。
刀挥飞木屑，枝剔漏天光。
老叟无能耐，吾儿挑大梁。
子孙须努力，守业更图强。

2023．5．14

## 闲吟

无事湖边走，常来鸟不惊。
路边寻食啄，树上对吾鸣。
芳草将头点，小花含笑迎。
相亲无忌惮，彼此乐和平。

2023．5．26

## 寄诗友

花开如白雪，栀子吐清芬。
仙鹭飞山岛，游鱼曳水纹。
闲行天井镇，遥望五松云。
沽酒谁同醉？还思去访君。

2023. 6. 21

## 雨霁

一场梅雨霁，远处雾蒙蒙。
莲叶披披绿，荷花艳艳红。
徘徊芳草路，沐浴北湖风。
抛弃烦心事，持竿做钓翁。

2023. 6. 30

## 望湖边石

湖滩大石头，远看像青牛。
点缀成风景，迁移别故丘。
南天云渺渺，异地水悠悠。
历尽寒和暑，怀乡可有愁？

2023. 7. 10

## 小巷

消夏贵从容，徜徉住宅东。
荫遮小区巷，身沐自然风。
一任蝉声噪，闲观木槿红。
何须寻胜地，步履急匆匆。

2023. 8. 16

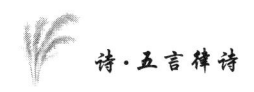

## 读周宗雄先生长篇小说《山的轰鸣》

头戴安全帽，青工力正遒。
开机风镐转，采矿汗珠流。
地动山轰响，人劳歌未休。
回眸昔年事，彩笔写春秋。

2023．8．22

## 国庆节前夕瞻仰烈士塔

桂花香郁郁，公路绕弯弯。
山傍长江水，泉流笠帽山。
松风吹阵阵，禽鸟唱关关。
一股英雄气，萦回天地间。

2023．9．27

## 兔年中秋

时值中秋夜，不禁思故乡。
夜空悬碧月，鹊水闪银光。
几碟南瓜饼，一盆毛芋汤。
香甜皆可口，到老也难忘。

2023．9．29

## 赠乡友巫和玉

曾经当过兵，每每忆军营。
说话饶风趣，为人重友情。
酒酣挥大笔，兴起发歌声。
设宴频邀我，世交如弟兄。

2023．11．7

## 赴太平中心小学参加诗教活动

清晨赴太平，竟在雾中行。
街景轻纱罩，鹁鸪何处鸣？
吟诗孩子乐，滋蕙校园耕。
日出尘霾散，梅开香气清。

2023. 12. 28

## 王德余先生来吾家做客

电话铃声响，五松词客来。
急忙邀众友，连续喝三杯。
往事聊回首，丹心未染埃。
整鞍重出发，哪管鬓毛衰？

2024. 1. 9

## 候渡

寒风吹渡口，又赴紫沙洲。
足踏霜华岸，眼观江上鸥。
风光如昔日，往事上心头。
帆影遥遥去，晴川默默流。

2024. 1. 24

## 方家老太

一辈爱清斯，着衣皆合时。
门庭常打扫，厨事善操持。
吾至炊芳馔，酒斝盈玉卮。
老人仙逝后，每每尚追思。

2024. 2. 8

诗·五言律诗

## 过大年

过年皆喜悦，孩子更欢腾。
福字家中贴，米粑锅内蒸。
零星闻炮仗，热闹舞龙灯。
来往车流疾，走亲还访朋。

2024．2．9

## 村居人家

紫槿插围墙，门前碧水塘。
几株春柳绿，一片菜花黄。
鸟唱添幽趣，风吹飘细香。
尘嚣相隔远，住处胜天堂。

2024．3．20

## 北湖春

草木飘香气，阳春感物华。
青青桑葚果，艳艳杜鹃花。
出水新荷绿，临风燕子斜。
踏歌来复去，乐在北湖涯。

2024．4．13

## 过端午

大通相距远，未去看龙舟。
角黍才餐罢，村翁又出游。
神怡红菡萏，兴寄白沙鸥。
但望身心健，别无非分求。

2024．6．10

## 闷热

时见鱼儿跳，蜻蜓飞得低。
草头皆耷下，林鸟也停啼。
天热衣沾汗，云生日落西。
湖边闲坐后，摇扇步长堤。

2024. 6. 14

## 雨中荷塘

黄昏出门去，池上看荷花。
白若羊脂玉，红如天际霞。
珍珠圆滚滚，梅雨响沙沙。
翠叶拥仙子，清香漫水涯。

2024. 6. 19

## 赠韦爱武主任

故里在河涯，春开红杏花。
农田傍山水，世代种桑麻。
凤翥临津驿，心连百姓家。
只缘声誉好，荣退有人夸。

2024. 7. 18

## 游览西湖湿地

把把青罗伞，张张笑脸红。
湖中闲举棹，柳岸好兜风。
戏水鸳鸯鸟，垂纶白发翁。
莲歌飘起处，袅袅韵无穷。

2024. 7. 22

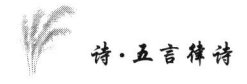

## 午餐

炎炎白昼长，饭熟坐厅堂。
一碟香芹菜，半盆河鲫汤。
肴佳宜饮酒，人老每怀乡。
击水中流事，从来都未忘。

2024．7．24

## 观女子拍抖音

天色近黄昏，湖边拍抖音。
清风吹白发，斜日照丛林。
宛若惊鸿舞，还将旧梦寻。
韶华虽远去，尚有少年心。

2024．7．31

## 夏日怀乡

时值炎炎夏，倍加思故乡。
鹊江波渺渺，沙岸树苍苍。
击水宜除热，迎风好纳凉。
梦回芦苇渚，闲看白鸥翔。

2024．8．8

## 酷暑

赤日光芒射，高温吃不消。
飞禽皆躲匿，小草半枯焦。
哪有微风过？更无纤雨飘。
心疑热空气，点火即燃烧。

2024．8．9

## 诗 · 七言律诗

### 为父亲六十初度作

平生仗义复谦恭，八载烽烟见赤衷。
酒肆茶楼延众客，龙潭虎穴救诸公。
茅庐病卧三秋苦，垄亩躬耕四壁空。
寂寞江村扶杖出，门前野草动寒风。

1970. 2. 6

### 父亡周年祭

绳床瓦灶度光阴，晚境凄凉一病侵。
鹤去仙乡云渺渺，目瞻遗像泪涔涔。
谦和处事人缘好，仁义传家恩泽深。
笑貌音容今宛在，欲听教诲梦中寻。

1971. 3. 5

### 春游

惊叹奇峰耸九霄，蛇行斗折路迢迢。
百花齐放争春色，涧水奔流卷浪潮。
仰望云飞疑跨凤，遥闻鸟唱似吹箫。
林边巧遇山家女，采摘新茶笑语飘。

1971. 5. 3

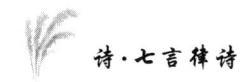

## 五十感怀

人生回首意如何？尘海苍茫感慨歌。
壮志一空惊白发，雄鸡三唱醒南柯。
堪嗟人世知音少，常恨征程岔路多。
且把金樽浇块垒，莫将岁月再蹉跎。

1997. 10. 12

## 读《菜根谭》有感

调心借境是箴言，点破迷津别有天。
麦浪翻腾田野上，沙鸥飞舞树林前。
花红柳绿能添趣，月白风清好伴眠。
得失荣枯浑忘却，菜根细嚼亦欣然。

1999. 6. 10

## 嘲小孙谢祺

烂漫天真一幼童，忽南忽北忽西东。
摘花陌上追黄蝶，捉絮林中逐暖风。
难洗新衣油腻腻，乱扔玩具闹哄哄。
可怜可恼皆天性，课尔将需多用功。

2004. 4. 18

## 纪念红军长征胜利七十周年

国难当头敌寇残，红军北上气如山。
铁流敢破千重阻，勇士能攻万道关。
日照城头会遵义，风吹延水卷洪澜。
雄才大略开基业，再创辉煌不畏艰。

2005. 3. 22

## 赠祝志农友

流水高山三十载，相逢何乐别何愁。
芸窗月白连床语，柳岸风清结伴游。
设帐彭城思聚首，望君渡口欲登楼。
欣闻巧借长空雪，《贺卡》童谣[①]播九州。

注：[①]祝作儿歌《贺卡》云："我多想采下满天的雪花，做成一枚枚贺卡，寄给天下的娃娃。"

2005. 7. 26

## 赠德余先生

诗囊携带出门行，无限风光供笔耕。
万里春江腾雪浪，九重鹏翼展征程。
梅伸粉蕊霜华白，月吐银辉玉宇清。
可贵关心国家事，一忧一乐为苍生。

2005. 8. 21

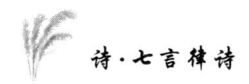

## 赠左志超先生

常忆当年暑假时，柴扉枉驾愧相知。
逢人说项君高义，立雪从师我太迟。
池上垂纶风拂柳，堂中待客酒盈卮。
三年共事三生幸，一别江洲劳梦思。

2005. 8. 24

## 怀念叶山岁月

绛帐生涯一辈忙，山中岁月最难忘。
征衣频湿黄梅雨，游履曾沾赭土霜。
晨入课堂迎旭日，晚归宿舍沐星光。
倾心结得金兰友，别后常思共举觞。

2005. 12. 1

## 咏槐

鹃啼红雨老春光，一树槐花串串黄。
蜂采精英酿佳蜜，露滋粉蕊发幽香。
虬枝有刺频招怨，直干成材可做梁。
盛夏浓荫遮日处，纳凉翁媪话沧桑。

2006. 4. 22

## 谨步洪源先生《秋日寄怀》原韵（三首）

### 一

鸥鹭翩翩水绕乡，秋芦飞絮白茫茫。
波摇红蓼江生韵，珠缀黄花雨送凉。
游子登楼愁绪起，故人折柳别情长。
鸡啼惊断清宵梦，阵阵涛声入晓窗。

### 二

躬耕垄亩恋家乡，往事纷纭半渺茫。
富贵浮云甘淡泊，贫穷立志任炎凉。
白驹过隙人生短，青笠垂纶兴味长。
陋室地偏身自在，闲看烟景倚南窗。

### 三

地灵人杰小洲乡，碧水东流接浩茫。
江上风来驱暑热，林中叶落觉天凉。
鹤鸣大泽传声远，诗咏清秋寓意长。
但请先生挥彩笔，裁云镂月写芸窗。

2006．11．15

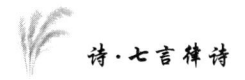

## 和德余先生《岁寒三韵》(三首)

### 一、松

为何寸草蔽长松？命运从来都不公。
无奈草生山顶上，堪悲松在涧沟中。
洛阳纸贵《三都赋》，才子官微一世穷。
将相王侯谁记得？诗文传世受人崇。

### 二、竹

生在山中或水涯，敢迎烈日傲霜华。
编成排筏堪浮海，织好篮筐可采茶。
夜半吹箫寄乡思，黄昏弄笛落梅花。
他乡行旅亲人念，更把平安报给家。

### 三、梅

骨瘦神清未可嗤，天涯芳信独先知。
傲霜一展花枝俏，作妇终怜处士痴。
零落余香犹扑鼻，横斜疏影即为诗。
幽人月夜凭窗望，环佩疑归绰约姿。

2007．1．27

## 寻春

冬装乍卸一身轻，为觅春光出小庭。
杏露红腮墙外艳，柳开媚眼岸边青。
谁家归女车迎娶？何处猜拳酒半醒？
更见纸鸢飞碧落，群童嬉笑闹江汀。

2007．2．25

## 次韵呈洪源先生

情牵故里一何长，灯下吟哦锦绣章。
芳草萋萋随地绿，菜花灿灿漫天香。
遥思鹊水频生梦，闲倚楼头易断肠。
两岸春风飞紫燕，买舟东下好还乡。

2007．4．7

## 题黄修芝先生摄影作品

画面逼真神韵藏，人疑此地是仙乡。
气蒸林海晴云白，风皱平湖盛夏凉。
好鸟当闻啼翠谷，奇葩似觉散清香。
何时结伴同游去？一畅心胸望大荒。

2007．7．9

## 鹧鸪

水远山长何处鸣？难寻踪影但闻声。
云遮雾罩初飞雨，日出天高已转晴。
游子怀乡频泪下，萱堂侧耳暗心惊。
当知尘海多风浪，啼彻晨昏劝慎行。

2007．8．25

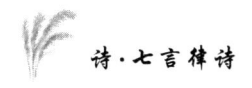

## 乡思

一别旧居常梦牵，窗前风物有谁怜？
莓苔遍地茵茵绿，铁锁看门冷冷悬。
自缺自圆江渚月，时浓时淡柳林烟。
不知亲友平安否？北望乡关又一年。

2007．11．22

## 问鸿

抬头仰望问飞鸿，昨夜可栖洲渚东？
月照鹊江波荡漾，舟横野渡雾朦胧。
当年景物今犹在，秋水伊人信未通。
一阵啼鸣如答我，满怀惆怅又西风。

2008．2．1

## 赠内子

征途漫漫伴余行，历尽艰难见赤诚。
对泣牛衣无旧业，相濡涸鲋有真情。
操劳家事朝朝累，憔悴形容岁岁耕。
但愿轮回非幻梦，三生石上订来生。

2008．2．5

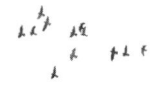

## 赠谢有文兄

有文兄任民办教师十九年,后因工作调动而失去转正机会,每自懊悔,余亦为之惋惜。久别重逢,颇生感慨。

相视皆惊两鬓霜,十年未见各繁忙。
余谋衣食江洲上,君种田园溪涧旁。
世事沧桑难逆料,人生坎坷莫忧伤。
鸟鸣幽谷山村小,林下徜徉草木香。

2008. 3. 12

## 怀念堂兄谢业玉(三首)

吾兄当年曾参加志愿军,退伍后长期在粮站工作,2006年因病去世。

### 一

烽火燃烧鸭绿江,项庄舞剑祸心藏。
蒋军趁隙窥神器,志士从戎为国防。
台海云翻波浪卷,沙场风烈战旗扬。
千锤百炼丹心铸,岁月峥嵘未可忘。

### 二

自从卸甲返家乡,粮站操劳时日长。
巡夜常陪天上月,下乡曾踏路边霜。
堵严漏洞防仓鼠,忧虑灾荒备稻粱。
难数当年辛苦事,一生廉洁一生忙。

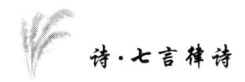

### 三

忽闻噩耗急奔丧，叩首灵前酹一觞。
人别新坟挥泪雨，天飘大雪落松冈。
鹁鸪惆怅孤飞影，鹤驭渺茫难返乡。
又到清明伤往事，临风嗟叹动愁肠。

2008. 3. 20

### 洲上春

莺啼燕语闹阳春，姹紫嫣红鹊水滨。
江草生香风细细，柳丝照影浪粼粼。
已通公路才圆梦，欲架长虹更便民。
旷野踏青忘远近，桃源胜境最迷人。

2008. 3. 22

### 春游天井湖

芳郊处处拂春风，堤草才青残雪融。
摇楫流连湖水绿，游园迷恋杏花红。
远山隐约浮天际，小阁玲珑露树丛。
千载五松留胜迹，举杯邀月醉诗翁。

2008. 3. 25

### 秋日感怀

秋风萧瑟雁南征，落叶纷纷倍动情。
大好年华叹虚度，可怜一事竟无成。
故乡岁月终生恋，农户生涯世代耕。
梦醒更深闻蟋蟀，一轮斜月半窗明。

2008. 10. 9

## 赠汪延明友

投笔从戎岁月稠，一心为国守金瓯。
鸿来渚上频传捷，仆困家中枉白头。
抵足长谈风雨夜，举杯欢聚鹊江秋。
但期衣锦还乡日，共赴芳洲尽兴游。

2008. 12. 27

## 退休漫吟

弹指之间成艾耆，老牛卸轭罢耕犁。
闲居好督童孙学，晨练爱听林鸟啼。
杯酒难胜今已戒，奚囊收拾却常携。
一丘一壑时游览，滚滚红尘目不迷。

2009. 1. 30

## 苦雨

皆云春雨贵如油，却恼霏霏下不休。
潮湿衣裳无日晒，滑溜阡陌令人忧。
绪风料峭冬犹在，树木萧条叶未抽。
但盼羲和回驾早，余将有事去田畴。

2009. 3. 2

## 咏凤丹

山中静女厌浮华，出自凤凰农户家。
泉涌清流滋玉貌，岚生翠谷护奇葩。
多情欲向游人语，羞涩犹将心事遮。
莫谓深居在乡野，美名早已播天涯。

2009. 4. 8

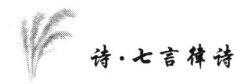

## 仙缘亭小憩

一方胜地马仁山，古木森森藤蔓缠。
小坐凉亭风习习，闲观深谷鸟翩翩。
砚池留墨怀高士，《桐谱》驰名赞大贤。
访古寻幽来往客，不知是否结仙缘？

2010. 4. 23

## 湖边即景

傍晚追凉独自行，柳丝轻拂喜风生。
花开盛夏红蕉艳，桨荡平湖碧水盈。
赏景游人时驻足，垂纶钓叟自忘情。
几群飞鸟归山岛，一片和谐互不惊。

2010. 7. 21

## 闲章吟

友人陈佑生为余刻一闲章，镌有云崖、草木、松鼠图案及"藏书"等字。把玩感赋。

虽是闲章寓意丰，一图恰与属相同。
腰缠万贯岂为富，室有藏书焉算穷？
大壑云封生瑞草，高山木翠傲寒风。
能凭少许容多许，篆刻神奇令我崇。

2010. 11. 30

## 怀念旧居

城居寂寞恋乡村，老屋多年庇子孙。
早在周边植桃李，更圈一角养鸡豚。
春风拂柳当窗绿，暮雪围炉满室温。
遥望故园愁不尽，潇潇细雨又黄昏。

2011. 7. 12

## 秋登齐山翠微亭怀古

翠微亭上一凭栏，感慨万千怀众贤。
刺史簪花生雅兴①，将军踏月赋佳篇②。
登高纵览曾携酒，报国堪悲未补天。
今看池阳新景象，琼楼座座矗平川。

注：①杜牧曾携酒陪同张祜登临翠微亭，作《九日齐山登高》，其中有句云："菊花须插满头归。"

②岳飞《池州翠微亭》："马蹄催趁月明归。"

2011. 10. 14

## 寄语网吧少年

鼠标一点竟忘情，凝视荧屏不转睛。
虚度韶华将后悔，荒疏学业必无成。
乘风破浪怀奇志①，辞阙请缨传美名②。
当效先贤思进取，切勿浑噩度人生。

注：①宗悫，南北朝时期将军。少年时，叔父问其志向，他说："愿乘长风破万里浪。"

②终军年轻时，汉武帝派他出使南越。他请武帝赐给他一根长绳，如果南越王不肯归顺，就将其捆绑起来，带到宫廷门下。

2012. 1. 9

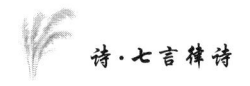

## 春节前夕

连朝小雨喜迎春，缓解冬干洗尽尘。
田野禾苗呈浅绿，山城空气转清新。
时闻燃放零星炮，日见川流购物人。
又是一年佳节至，万家团聚乐天伦。

2012. 1. 18

## 除夕

将辞玉兔接龙年，瑞雪纷纷飞满天。
火树夜空争璀璨，明星春晚舞蹁跹。
同干一盏团圆酒，笑予诸孙压岁钱。
万里河山盈喜气，良宵欢度尽无眠。

2012. 1. 22

## 睡莲

莲叶田田铺满塘，天生丰韵未张扬。
漂浮水面娟娟静，沐浴春风淡淡香。
泥滓不污洵雅洁，蜻蜓难扰自安详。
无忧无虑唯贪睡，心内时将一梦藏。

2012. 5. 5

## 如今乡下

东风化雨利耕田，土地转包能赚钱。
机械开镰收小麦，农家上网售银棉。
购车试驾喇叭叫，筑屋乔迁鞭炮喧。
都说如今乡下好，城中空气不新鲜。

2012. 6. 14

## 端午悼屈原

名标青史屈平贤，爱国精神世代传。
一片丹心昭日月，满腔忧愤化诗篇。
犯颜直谏君王过，怀石爱沉汨水渊。
因救斯人成习俗，年年端午赛龙船。

2012. 6. 16

## 缅怀诗圣杜甫

心怀社稷悯黎元，潦倒穷愁四处奔。
雨漏草堂伤战乱，身栖孤棹望家园。
鲲鹏未展凌云翅，诗句犹存泣血痕。
百世之师人敬仰，且歌一曲悼英魂。

2012. 6. 22

## 香港回归十五周年感赋

香港回归十五年，紫荆花放更鲜妍。
繁荣经济宜安定，战胜天灾庆凯旋。
七子悲歌成往事，九州团聚话当前。
邓公决策开新局，功在千秋是大贤。

2012. 6. 30

## 故人燕集有感

相聚旗亭酒盏擎，毫无客套见真诚。
退休何必称官职？交往从来重友情。
可喜三餐能食饭，莫悲一世未成名。
如今同在江城住，电话通知即出迎。

2012. 7. 12

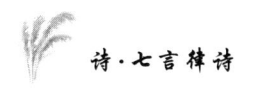

## 思故乡

夜梦醒来月一痕，遥思洲上紫沙村。
花开花落棉田绿，潮去潮来鹊水浑。
林木扶疏张翠幄，炊烟缭绕启衡门。
平生无奈才能小，难报家乡养育恩。

2012. 7. 14

## 我国钓鱼岛岂容日本侵犯

钓鱼岛上起风云，右翼重将旧梦温。
戏演双簧真可恶，鲸张巨口欲侵吞。
岂容国土东洋占？难遏心头怒火喷。
万里海疆传羽檄，三军亮剑保乾坤。

2012. 9. 12

## 黄金定主任医师宴请胥坝故人

分别江洲四十秋，今朝欢聚酒家楼。
人生怀旧心潮涌，朋友干杯兴味稠。
颇羡悬壶称妙手，频闻对局占鳌头。
赠君数卷《涛声集》，何日一同胥坝游？

2012. 12. 3

## 赏北湖公园蜡梅有怀

根须或带孤山土，千里移来植水旁。
一夜霜风初坼蕾，多情骚客已牵肠。
徘徊月下迷疏影，倚立花前醉暗香。
但觉故园梅更好，居然到老未能忘。

2013. 1. 16

## 杨柳吟

堤边摇曳几春秋？万缕千丝分外柔。
湖水清清宜照影，晨风习习好梳头。
浓荫遮护游园客，曲干曾拴泊岸舟。
不是诗人偏善感，长条牵动别离愁。

2013. 5. 3

## 群心村画舫雅集

应邀步入画船舱，笑语喧哗聚一堂。
即席赋诗诗兴发，开窗看水水风凉。
主人特意开村宴，骚客舒心举玉觞。
野菜江鱼皆美味，乡情浓郁更难忘。

2013. 6. 3

## 送黄修芝先生赴深圳

才华出众早闻名，口若悬河四座惊。
小试牛刀挑重担，唯瞻马首有群英。
同心合著《涛声集》，共事更增诗友情。
今为儿孙离故土，劳歌一曲送君行。

2013. 6. 6

## 湖岛吟

许是东溟卷飓风，三山吹落井湖中。
碧林翘出凉亭角，白鹭闲栖水草丛。
登岛只需划短棹，迷人最是亮霓虹。
眼观如此清幽境，何日持竿作钓翁？

2013. 6. 16

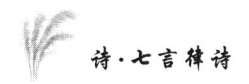

## 次韵诗家马凯佳什《咏海棠》

老树犹荣映院墙，繁花似锦自生香。
未输文杏胭脂色，远胜佳人粉黛妆。
晨露如珠滴清晓，羊毫蘸墨动诗肠。
几多骚客存吟稿，收集能装一大筐。

2013. 8. 21

## 望池州平天湖

秋蓼花红芦未黄，岸边眺望醉湖光。
茫茫水接山冈远，袅袅风吹柳线长。
过路将军当饮马，泛舟骚客定称觞。
悠悠思绪连千载，忽觉衣单天气凉。

2013. 9. 23

## 重访池州，午后登翠微亭，次杜牧韵

人声惊得鸟儿飞，登上峰巅倚翠微。
想见鄂王乘兴至，如闻刺史踏歌归。
三秋稻菽呈金色，一片烟林沐晚晖。
胜地重来生感慨，清风有意拂吾衣。

2013. 9. 24

## 和黄修芝先生《在深圳过重阳寄诸老友》

心中不乐过重阳，挂念良朋在远方。
南国纵然风景好，菊花还是故园香。
人居深圳怀诗友，笔蘸海霞书绮章。
但等轻车回驾日，围炉畅饮叙衷肠。

2013. 10. 24

## 渡口感怀

吾家住在孤洲上，两岸往来乘渡船。
堤畔萋萋生野草，埠头默默望林烟。
青春倏忽无踪迹，白发幡然入暮年。
只有长江未曾改，奔流不息似从前。

2013. 12. 4

## 春日思故乡

举室南迁离紫沙，令人长忆好年华。
鹊江初发桃花水，田野盛开油菜花。
晨赴校园披薄雾，暮归茅舍踏轻车。
难忘胜友时招饮，作别村头夜月斜。

2014. 4. 14

## 国庆六十五周年放歌

赤帜高擎主义真，人民领袖为人民。
挥师开创千秋业，筑梦赢来四海春。
长剑倚天安社稷，劲风吹雨涤灰尘。
远征何惧关山险，喜看前程气象新。

2014. 5. 12

## 担心庄稼受涝灾

梅雨连绵未肯休，令人牵挂紫沙洲。
棉花蕾落枝空长，玉米秆倾粮歉收。
倘若丰年成泡影，可怜汗水付东流。
吾虽早已居城市，心系农村枉自愁。

2014. 7. 6

诗·七言律诗

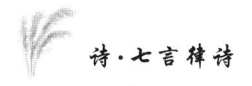

## 宣城怀谢朓①

甲午深秋上敬亭，临风凭吊谢宣城。
贤人远胜昆仑玉，青史长留词客名。
耿耿忠心犹遇害，铮铮铁骨岂贪生？
澄江如练传佳句，太白也怀思慕情。

注：①谢朓（464—499），字玄晖，南朝齐著名诗人，官至中书吏部郎，因拒绝参与始安王萧遥光篡位活动而被害。李白诗云："解道澄江净如练，令人长忆谢玄晖。"

2014. 10. 13

## 敬亭山上悼李白

穷愁潦倒走风尘，拔剑高歌动鬼神。
心折宣城诗伯句，情钟老店纪家春①。
骚人自会亲民众，国士焉能做佞臣？
山顶一楼名"独坐"，朝朝俱有白云屯。

注：①"纪家春"是指纪叟酿的酒。唐人常称酒为"春"。李白《哭宣城善酿纪叟》："纪叟黄泉里，还应酿老春。"

2014. 10. 14

## 宣州悼杜牧

两番入幕在宣州，锦绣河山任漫游。
青弋江边吹玉笛，开元寺里倚南楼。
赋诗每有伤时意，饮酒难销羁旅愁。
今到宛陵寻史迹，满怀惆怅悼风流。

2014. 10. 16

## 路过泾县新四军纪念馆感赋

遥想当年新四军，挥戈抗日立功勋。
风吹泾水流鲜血，祸起萧墙卷战云。
痛史难忘每回首，骨头虽断尚连筋。
台湾大陆皆兄弟，两岸岂能长久分？

2014. 10. 21

## 难忘少年事

故乡明月故乡风，往事频频浮梦中。
上垄听书情切切，黄墩看戏兴冲冲。
穿行村落防村犬，路过草滩闻草虫。
俯仰之间七旬至，回眸年少趣无穷。

2014. 11. 3

## 乡愁

无奈乡愁绕我心，常常夜梦紫沙村。
麦苗地里腾云雀，绿柳荫中见屋门。
朵朵棉花如瑞雪，家家石圈养肥豚。
一生不论居何处，故土难忘本是根。

2014. 12. 25

## 湖边漫咏

家住城东好地方，闲行小径醉湖光。
春观花草秋玩月，夏纳水风冬曝阳。
吟咏小诗寻快乐，追怀往事莫忧伤。
途中偶遇诸同事，不问工资问健康。

2014. 12. 29

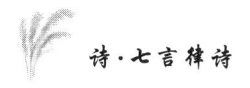

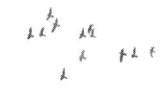

## 依韵奉和省诗词学会副会长刘国范先生佳作

杨柳遮堤水绕洲,乡人逐梦显风流。
弄潮岂可甘为后?创业从来欲领头。
生态平衡环境好,居民安乐笑声悠。
阳春三月游胥坝,麦浪连天绿满畴。

2015. 3. 31

## 赠老伴朱大代

一生是个老黄牛,辛苦耕耘几十秋。
下地常迎朝日出,歇工直到晚霞收。
洗衣烧饭烟鬟乱,补袜做鞋深夜休。
勤俭持家贤内助,未图享乐只分忧。

2015. 5. 8

## 盼老伴早日康复

全家告别紫沙洲,迁入城关住进楼。
子女承欢皆孝顺,薪金见长有忧愁。
生灾害病诚难料,住院就医仍未瘳。
但盼贤妻早康复,长相厮守度春秋。

2015. 5. 9

## 赠沈光明先生及其夫人金新桥女士

兰菊芬芳白玉纯,不如贤惠沈夫人。
清晨拥帚华居内,月夜涤衣湖水滨。
待客拳拳遵礼节,治家井井见精神。
先生有此终身侣,一室安宁四季春。

2015. 7. 18

## 王科暑假旅游记

访古寻幽兴趣浓，相机肩挎步匆匆。
才登天目湖中岛，又沐黄山顶上风。
万里旅途开眼界，千秋功业慕英雄。
八方游览焉辞远，欲学前人霞客公。

2015. 8. 24

## 铜陵公铁大桥

大桥好似一张琴，弹出最强时代音。
天堑通途驰宝马，金龙闪电过江浔。
未妨船只东西过，更便客商南北临。
气象峥嵘叹观止，铿锵旋律动人心。

2015. 9. 30

## 老家

六十春秋住紫沙，三间旧屋傍江涯。
柳林拂晓听啼鸟，鹊水黄昏看落霞。
院内几畦蔬菜地，窗前一棵蜡梅花。
乡愁总是难挥去，深夜时常梦老家。

2015. 10. 3

## 国庆节与老伴携小女出游

水碧蓼红如画图，又沿曲径逛南湖。
花开金粟飘香气，波荡莲塘戏野凫。
曲调悠扬闻玉笛，平台宽敞舞仙姝。
一周休假人俱乐，走出家门奔旅途。

2015. 10. 5

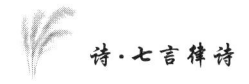

## 红色记忆（二首）

### 四渡赤水

赤水滔滔四渡奇，用兵高下判云泥。
围追堵截张罗网，穿插迂回捕战机。
白匪将官徒叹息，红军战士尽扬眉。
金沙一过三军合，抗日英雄举大旗。

### 遵义会议

八十年前遵义城，中军帐里吐心声。
历经胜败需思考，决定存亡必斗争。
李德岂能当主帅？毛公最善用奇兵。
一场会议开新局，再振雄风万里行。

2016. 1. 29

## 次韵省诗词学会陆世全、哈余庆二位会长佳作

小康日子乐无穷，人有精神大不同。
弹起铜琶歌盛世，弘扬美德育新风。
汽车驰骋江洲上，公路纵横田野中。
建设家园齐努力，只争朝夕不争功。

2016. 3. 9

## 颂反腐斗士

火眼金睛分外明，拍蝇打虎不徇情。
重拳出击贪官惧，利剑高擎胆气生。
未惧征途遭毒手，定将逃犯缚长缨。
铲除腐败民心乐，执法如山敢斗争。

2016. 5. 6

## 怀旧

离别家乡已十秋，魂牵梦绕紫沙洲。
香飘小陌花争艳，歌赛深林鸟啭喉。
内子耕耘庄稼地，小孙嬉戏鹊江头。
常怀昔日村居事，可恨时光不倒流。

2016. 8. 9

## 国庆节游天井湖公园

一周节假得宽余，人往人来天井湖。
曲径时时传笑语，平台阵阵起歌呼。
花开似迓游园客，桨举惊飞戏水凫。
待到华灯皆亮起，满城闪烁夜明珠。

2016. 10. 3

## 拜谒大士阁

头道天门通九华，飞檐斗拱筑江涯。
撞钟惊得林禽起，击鼓濒临夕照斜。
宝殿停留瞻佛像，金经费解叩方家。
大师端坐蒲团上，开口谈禅天雨花。

2016. 10. 20

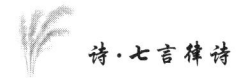

## 游览旭光村

金秋时令访江乡,柿子通红大豆黄。
绿树扶疏遮曲径,小池清澈映天光。
围篱种菜农家院,绘画写诗文化墙。
空气新鲜环境好,村民筑梦乐安康。

2016. 11. 14

## 恭贺章尚朴老先生《趣园诗词选》发行

朝夕耕耘在趣园,风光无限自流连。
木兰每坠珍珠露,秋菊常笼鹊水烟。
四海文朋夸俊义,五松诗苑着先鞭。
时时挥舞生花笔,落纸皆为锦绣篇。

2016. 11. 23

## 步韵奉和王德余先生《八十抒怀》（四首）

### 一

日出东方雾气消,江头眺望涌心潮。
征途漫漫难停步,铁骨铮铮未折腰。
作赋吟诗承屈宋,抚今思昔吊沅潇。
中流击水涛声起,有梦人生自可骄。

### 二

负重前行似骆驼,含辛茹苦亦高歌。
树旗诗苑文风盛,结社沙洲吟友和。
瑶圃浇花忙旦暮,长江汲水走陂陀。
苍颜白发豪情在,窗下仍将妙句磨。

### 三

晨昏伏案未曾休,当众挥毫笔力遒。
雨骤辄忧花瓣落,农忙何惜汗珠流。
韶华已逝怀佳梦,耄耋尚思争上流。
收获金秋酬故里,精神堪比老黄牛。

### 四

群星闪烁在高穹,望月怀乡与汝同。
三径遍栽陶令菊,一生最慕谪仙风。
诗骚入梦梦常作,岁月如歌歌未终。
既和华章兼祝寿,蛮笺书罢付秋鸿。

2016. 12. 13

## 打年货

人来人往似穿梭,市场繁荣商品多。
东北蘑菇干木耳,海南苹果蜜菠萝。
这厢叫卖鱼虾鳖,那处热销鸡鸭鹅。
大袋小篮装满满,手提年货乐呵呵。

2017. 1. 21

## 新正回故乡

云开雨霁见阳光,我与老妻回故乡。
万亩麦苗青郁郁,半江春水碧汪汪。
重逢乡友心头热,更感邻居情谊长。
现炒野蔬香又嫩,一杯薄酒胜琼浆。

2017. 2. 7

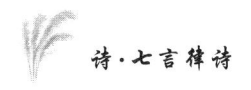

## 赠老友秦新昌

一别竟然三十年，重逢把酒话从前。
曾于汝处挑灯读，亦在吾庐抵足眠。
早岁均怀文学梦，今朝见访鹊江边。
人生难得真朋友，友谊长存金石坚。

2017．4．5

## 校注《历代诗人咏铜陵》感赋

烈日炎炎三伏天，置张小几坐窗前。
神游八宝铜陵境，心醉千秋锦绣篇。
细校字词参古籍，若生讹误愧先贤。
编成一卷酬乡梓，但冀风骚世代传。

2017．7．14

## 城居苦热

持续高温没奈何，山城仿佛大蒸锅。
树荫小犬频伸舌，夜半飞禽未宿窝。
昔住江洲逢盛夏，畅游鹊水击洪波。
何时重返姚家套？赤脚沙滩踏绿莎。

2017．7．25

## 礼赞义安区老龄委主任姚能斌同志

辛勤工作未曾休，一辈甘为孺子牛。
百里方圆留足迹，万家翁媪挂心头。
弘扬孝道纠纷少，送去春风笑语稠。
郁郁青青松不老，无私奉献万人讴。

2017. 8. 16

## 孝亲敬老之星
——赞胥坝乡群心村党总支书记、村委会主任古中举同志

孝道原为百善先，感恩父母记心田。
三迁住所高堂乐，尊敬泰山佳话传。
大爱无形成表率，全村有意学乡贤。
新风树立宏图展，写出人生精彩篇。

2017. 8. 18

## 窗前香樟树

大树亭亭主干粗，遮风挡雨好邻居。
朝催宿鸟歌新曲，夕伴衰翁读旧书。
粒粒小花沾露水，丝丝香气入吾庐。
一窗绿色天然画，养目提神快乐予。

2017. 8. 26

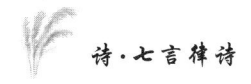

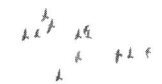

## 七十抒怀

身老沧洲未忘情，半耕半读忆平生。
波涛汹涌何妨渡，道路崎岖照样行。
但盼惠风吹九域，每观旧史到三更。
耳闻号角心犹壮，报国长怀献赤诚。

2017．11．29

## 铜陵市诗词学会成立三十周年志庆

五松山上树吟旌，召唤诗人事笔耕。
高唱铜陵新景象，共奔赤县好前程。
扬帆恰值樵风起，展翅欣逢玉宇清。
三十年间收硕果，迈开大步再长征。

2018．2．5

## 次韵高歌先生新年佳作

春晚看完难入眠，钟声一响接新年。
云开雨霁朝阳出，犬吠鸡啼万物欢。
酒透清香斟玉盏，人逢佳节喜团圆。
忽来信息连忙读，心醉诗家锦绣篇。

2018．2．16

## 学做菜

孰料从来未掌勺,七旬还要学烹调。
操刀时刻防伤手,炒菜居然闪了腰。
或淡或咸难下咽,半生半熟要重烧。
病妻食罢犹夸奖,顿觉双眸有点潮。

2018. 5. 4

## 感赋

清早匆匆买菜回,洗衣扫地上锅台。
但将家务连忙做,哪管春花次第开?
扁鹊难疗贤内疾,苍天可晓老翁哀?
命途坎坷毋消极,门户仍需撑起来。

2018. 5. 27

## 祭奠亡妻

墓碑轻抚顿悲伤,叹惜贤妻一辈忙。
手握银锄生老茧,肩挑重担食粗粮。
灵魂已化瑶池鹤,足迹长留云水乡。
四十余年共甘苦,两行热泪洒山冈。

2018. 8. 2

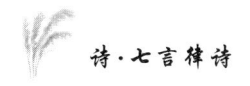

## 贤妻朱大代亡后，余首次回旧居（二首）

### 一

孤雁哀鸣江上飞，旧居今日只身归。
窗前空有梅花树，箧里犹存内子衣。
挂壁锄头生铁锈，散绳棉箔倚柴扉。
房前屋后徘徊久，睹物思人涕泪挥。

### 二

去年正月一同回，今岁仲秋吾独来。
簇簇荻蒿生后院，层层灰土积锅台。
飞禽犹自翩翩舞，丹桂依然静静开。
但觉心中空落落，追怀往事更悲哀。

2018. 9. 17

## 中国农民丰收节感吟

中华设立丰收节，从古到今头一回。
注重"三农"宜固本，勤耕九陌好生财。
风吹稻浪千重卷，日照棉花万顷开。
时值秋分锣鼓响，歌声伴着笑声来。

2018. 9. 23

## 应邀赴乡野文化棚做客

笑容满面老农民，门口相迎格外亲。
小院桂花初坼蕾，大橱书籍绝无尘。
栉风沐雨耕瑶圃，异口同声赞好人。
碗碗盆盆盛土菜，真情更比酒清醇。

2018. 10. 2

## 赠特力电缆厂老总叶明生、叶明龙二位乡贤

二贤办厂善经营,电缆畅销工艺精。
金字品牌称特力,江洲翘楚惠民生。
捐资助学驰嘉誉,纳税招工见赤诚。
好趁东风传捷报,大鹏展翅再长征。

2018. 10. 8

## 古村落龙潭肖

群山环绕美如图,五百年前已结庐。
步履踏洼铺路石,农人用损垦荒锄。
田畴肥沃宜生谷,子弟贤良好读书。
漾漾一潭皆活水,村民世代乐村居。

2018. 10. 20

## 访大明寺

修篁掩映大明寺,碧水长流灵窦泉。
难觅荆公旧踪迹,空嗟翠谷漫云烟。
山门挂锁无香客,衲子采樵担瘦肩。
一代高人隐居处,唯留佳话至今传。

2018. 10. 26

## 读周宗雄先生作品《铜陵有色赋》

一赋赫然书在墙,雨中伫立读华章。
高歌有色新成就,盛赞铜都铁脊梁。
巨舸乘风深海驶,大鹏鼓翼九天翔。
周郎不愧为才子,文采超群美誉扬。

2019. 1. 4

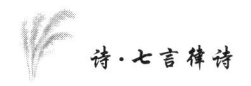

## 过年

张灯结彩贴春联，喜气洋洋笑语喧。
短信千条皆祝福，视频万里可聊天。
百听不厌黄梅戏，热闹非凡农历年。
未举金樽心已醉，家家户户庆团圆。

2019. 2. 1

## 忆昔

曾在江洲务过农，苦中有乐乐无穷。
挥锄麦垄薅荒草，喷药棉田灭害虫。
朝出东方鱼肚白，暮归西岭夕阳红。
一天劳作收工后，还与家人喝几盅。

2019. 3. 6

## 梦后吟

梦中又到故乡游，鹊水上空飞白鸥。
万缕柳丝遮古渡，千层麦浪卷平畴。
雨停绮陌宜挑菜，草长龙湖好牧牛。
六十岁前江畔住，时常怀念紫沙洲。

2019. 3. 11

## 步韵奉和洪源先生黄鹤楼诗（五首）

### 一

词客爱登黄鹤楼，山川如画入吟眸。
情牵振翅南来雁，梦逐扬帆东去舟。
负笈常行芳草路，垂纶曾到鹊江头。
客居日久思乡梓，四海为家不用愁。

## 二

匠心独运撰联工,诗咏名楼韵味浓。
把酒夜邀千古月,凭栏身沐一江风。
耕耘文苑情难了,培育芳花乐未穷。
若有机缘访黄鹤,波涛声里听晨钟。

## 三

如诗如画一条江,潮汛来时水浩茫。
雨霁大堤春草绿,风吹漫野菜花香。
长怀故里多佳景,更感乡亲有热肠。
相处相帮情谊厚,何时重聚醉壶觞?

## 四

满川烟雨浪千重,过客心焦待渡中。
潮水逞威围古渚,鹊江何日架长虹?
埠头曾遇鹅毛雪,船上更惊龙卷风。
倘若一朝闻喜讯,君回桑梓我为东。

## 五

遥望群山耸紫霄,一峰更比一峰高。
顷闻拟筑铜枞路,喜见新修公铁桥。
桃树逢春花灼灼,鹊江入梦水迢迢。
雄鸡又唱披衣起,欲驾扁舟试弄潮。

2019. 3. 26

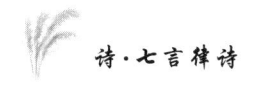

## 午收时节怀内子

布谷声中回故乡，贤妻一去每思量。
操持家务称能手，从事农耕亦内行。
拂晓下田收麦子，黄昏担水灌苗床。
积劳成疾亡身早，老泪纵横作挽章。

2019. 5. 10

## 铜陵中学校训歌

尊贤必得贤良助，励志堪成有用人。
崇实方能弃虚妄，求新定可不因循。
园丁敬业未图利，学子攻书能会神。
笠帽山边风景好，桃红李白满园春。

2019. 6. 19

## 读周宗雄先生长篇小说《花落花开》

讴歌一代好青年，直面人生意志坚。
踏上征途能跃马，笑迎巨浪敢行船。
月圆月缺同休戚，花落花开说变迁。
铜矿风情收笔底，小城故事谱新篇。

2019. 6. 28

## 天井湖

红霞辉映白云浮，湖景迷人信不虚。
树绿林深鸣小鸟，水清浪细见游鱼。
凉亭弄笛歌声起，曲榭凭栏心境舒。
千古铜都今胜昔，宜商宜旅更宜居。

2019. 7. 4

## 老农

往事频频来梦中,故乡就在鹊江东。
学诗偏爱诚斋体,交友素尊君子风。
几亩薄田耕半辈,一盘土豆喝三盅。
悠悠岁月平常过,不慕荣华不叹穷。

2019. 8. 28

## 乡思

晚岁家迁小邑中,深宵常梦鹊江东。
上班踏落草尖露,下地笑迎禾稼风。
绿苇滩头飞水鸟,青纱帐里唱昆虫。
城居怀念村居事,为解乡愁喝几盅。

2019. 11. 7

## 青松

虬枝苍劲似龙蟠,郁郁青青最可观。
过往山岚每停下,飞来仙鹤爱盘桓。
骄阳高照何忧热?大雪纷飞不畏寒。
历尽沧桑仍未老,昂然挺立在峰峦。

2020. 6. 1

## 病中思故园

养病更加思故乡,回眸往事动愁肠。
挥锄耕熟粮棉地,洒汗建成砖瓦房。
鹊水涨时应有汛,梅花别后可飘香?
多灾多难朝谁诉,北望江洲倍感伤。

2020. 6. 5

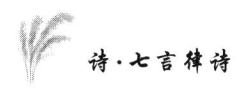

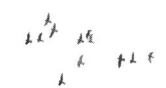

## 步韵奉和洪源先生《乡思》

难眠但觉夜迢迢,欲访先生奈路遥。
金榜题名数您杰,文坛驰誉为君骄。
滔滔东去长江水,默默时凭武汉桥。
故里风光今胜昔,村民逐梦马萧萧。

2020. 6. 12

## 惊闻故乡又防汛

风狂雨骤地连天,往事不禁浮眼前。
灯火星星燃坝上,栎声阵阵响江边。
蚊叮虫咬人难耐,电闪雷鸣心更悬。
又悉故乡遭水患,担忧父老度灾年。

2020. 7. 13

## 缅怀王贤臣老先生

涛声将起鹊江滨,甘作诗舟摇橹人。
版筑绘图称巧匠,芳洲结社是功臣。
汗浇乡梓千家屋,笔写神州万里春。
赠我书刊常感念,几回翻读泪沾巾。

2020. 8. 21

## 访枞阳

几阵秋风晚稻黄,驱车百里访枞阳。
应邀小集麒麟镇,无不心仪文化乡。
惜抱轩中编"类纂",泰山顶上著华章①。
左公蒙难方苞愤,大笔如椽斗志昂。
一代宗师出生地,喜看龙凤碧空翔。

注:①姚鼐曾编《古文辞类纂》,其散文名作有《登泰山记》。

2020. 9. 18

## 缅怀王展东先生

长忆当年数过从,先生总是急匆匆。
手拎一只皮包黑,酒饮三杯面色红。
经验交流谈灼见,课堂教学有真功。
逢人说项提携我,铭记君恩在五中。

2020. 10. 20

## 梦觉

几本诗书朝夕陪,神游紫塞跨龙媒。
戍楼顶上吹芦管,篝火旁边举酒杯。
眼望天山千尺雪,情牵故里一枝梅。
鸡啼远近东方晓,醒罢自嘲多少回。

2020. 11. 16

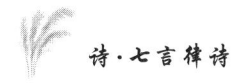

## 悼念四哥熊承枝

亲如兄弟往来多,习惯称其为四哥。
处世率真轻世俗,为人良善得人和。
中年丧子终生恨,晚岁遭殃恶疾磨。
堪叹苍天不公道,悼诗写罢泪婆娑。

2020. 12. 10

## 补衣感怀

穿针引线补棉衣,手指扎伤心内悲。
家务当年妻尽揽,今朝琐事我亲为。
活于世上谈何易?懂得人生惜太迟。
困境之中须振作,从头开始学新知。

2021. 2. 1

## 新年怀旧

小鸟窗前叫得欢,暖风吹走一冬寒。
此时又忆姚家套,春草应生鹊水滩。
散戏人归乘月色,观灯龙舞夺金丸。
每逢佳节常怀旧,遥望家乡独倚栏。

2021. 2. 7

## 赠汪世本同志

勤勤恳恳老黄牛,负轭前行不肯休。
耕作田园抛热汗,建成书屋展宏猷。
羊毫落处龙蛇舞,秋日当空稻菽收。
数十年来追一梦,丹心赢得众人讴。

2021. 2. 17

## 咏海棠

春风吹拂细枝丫，万点胭脂一片霞。
学士偏怜早春杏，吾人独爱海棠花。
偷窥秀色来黄鸟，守护仙姬罩绿纱。
留得童心童趣在，老年生活便升华。

2021．3．2

## 颂歌献给党（六首）
——庆祝中国共产党百年华诞

### 一、红船颂

南湖碧水载红船，一代风流在眼前。
欲展宏图成大业，复兴华夏仗英贤。
巨雷滚滚群山动，烈火熊熊遍地燃。
唤起工农齐奋斗，开天辟地著鸿篇。

### 二、井冈山颂

罗霄山脉绿葱葱，怀念伟人毛泽东。
星火燎原腾烈焰，农奴挥戟展雄风。
建军建党政权立，分地分田天下公。
无数英豪抛热血，井冈岁岁杜鹃红。

### 三、延安颂

英雄儿女赴延安，赤帜飘扬宝塔山。
抗日救亡担大任，冲锋陷阵斗凶顽。
明灯照亮沉沉夜，鲜血洇红道道关。
历尽千难和万险，多年鏖战凯歌还。

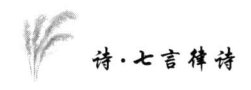

### 四、西柏坡颂

统帅运筹西柏坡，英雄敢舞鲁阳戈。
挥师辽沈歼顽敌，传檄平津奏凯歌。
淮海沸腾鸣号角，长江横渡捉阎罗。
进京赶考须牢记，切切休将壮志磨。

### 五、新中国成立颂

雾散云开露曙光，放飞白鸽碧空翔。
纵情歌唱新中国，浴火重生金凤凰。
百姓当家腰杆挺，九州焕彩赤旗扬。
巨轮奔驶春潮涌，破浪乘风万里航。

### 六、改革开放颂

设计蓝图是大贤，春天故事唱千年。
澳门香港回中国，火箭飞船上九天。
反腐倡廉扬正气，脱贫致富谱新篇。
挺胸迈步新时代，逐梦征途捷报传。

2021．3．20

## 赠牡丹园主刘华先生

不图名利不为官，笠帽花农爱牡丹。
小伞遮阳防午热，真情似火御春寒。
双双粉蝶常来戏，朵朵红霞信可餐。
引得骚人诗兴发，竟将瑶圃当吟坛。

2021．4．22

## 悼念花成清先生

蓝梦湾中炉火红，飘香园内每相逢。
为官在意黎民事，摄影聚焦山顶松。
克己奉公成榜样，待人接物有心胸。
惊闻花落吾挥泪，遥望荒丘云雾封。

2021. 4. 28

## 访江氏农庄

牛年初夏访农庄，连日南风小麦黄。
花木分行栽玉圃，鱼虾成阵戏菱塘。
村民就业心头乐，游子投资情意长。
回报家乡不忘本，田园书写大文章。

2021. 5. 16

## 悼念"杂交水稻之父"袁隆平院士

山一程来水一程，阴晴风雨四方行。
灵株偶得精心育，南亩欣然亲手耕。
从事科研成巨子，提高粮产惠苍生。
斯人应活千千岁，何故天公太绝情？

2021. 5. 23

## 贤妻病故三周年祭

默默焚香泪泫然，卿离人世已三年。
悠悠往事浮心底，栩栩容颜在眼前。
耕种田园清晓起，操持家务二更眠。
自从别后常怀想，但望来生再结缘。

2021. 6. 24

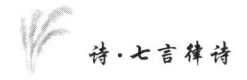

## 观"咱们牡丹园"诗书展赠刘华先生

篱笆扎起护花王，戴笠荷锄朝夕忙。
一斛汗珠千朵秀，半生心血漫园香。
引来骚客吟佳什，邀请书家写斗方。
掏出青蚨装裱好，邑人谁不赞刘郎？

2021．6．26

## 忆年少秋夜读书事

忽然又忆紫沙村，一盏油灯光线昏。
蟋蟀声声吟篱落，江风阵阵叩柴门。
观书冷冷清清夜，标记圈圈点点痕。
水调歌头渭城曲，至今犹在脑中存。

2021．8．20

## 江干怀旧

树桩小坐望江天，往事悠悠浮眼前。
清晓村民皆汲水，黄昏渡口每泊船。
浣衣女子无踪影，吹笛牧童成老年。
人世沧桑浑不识，沙鸥依旧舞翩翩。

2021．11．16

## 放歌"三·一五"

满目琳琅商品多，人来人往似穿梭。
前天才置新沙发，今日购回香绮罗。
偶起纠纷消协找，何须争论嘴皮磨？
供需两旺人心乐，买卖公平一曲歌。

2022．2．26

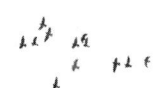

## 登华芳假山

举家迁徙住城关，最爱华芳有假山。
樟树开花香气发，紫藤引蔓架头攀。
曾凭栏楯吟而啸，时见飞禽去复还。
此处风光四时好，登临一览即开颜。

2022．3．28

## 窗前紫藤花

假山昔植小藤萝，早已成荫遮绿坡。
每到奇葩开口笑，遂教老叟倚窗歌。
朝迎红日辉东岭，暮见飞禽宿草窠。
岁月如流人渐老，空悲白发又增多。

2022．4．21

## 悼念阮筱玲女士

噩耗传来不忍闻，追思亡友作悲吟。
几番朝拜山门佛，一辈常怀居士心。
公路值班挥热汗，旗亭宴客掷千金。
好人何故匆匆去？遥望松冈泪满襟。

2022．5．7

## 赠诗友李克义同志

铜都卫士有精神，书剑时时带在身。
豪气直冲星斗上，美名传遍鹊江滨。
千宗疑案还真相，一片丹心为庶民。
归去如何献余热？五松山下做诗人。

2022．6．3

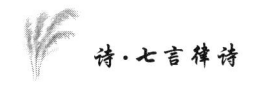

## 礼赞人民警察

公安干警守初心，两袖清风不染尘。
挥洒汗珠忙昼夜，甘抛热血为人民。
天空晴朗阳光照，社会和谐景象新。
百业兴隆黎庶乐，铜都大地四时春。

2022．7．9

## 铜官山

奇峰耸立白云间，小径盘旋几道弯？
松柏常年青郁郁，溪泉一夏响潺潺。
家居山麓风光好，鸟唱丛林白日闲。
览胜寻幽何所惧，岭高千仞敢登攀。

2022．8．3

## 自述

卜宅城关傍北湖，梅花赏罢看芙蕖。
电池电少需充电，书柜书多又买书。
治学未成虚度日，就餐不叹食无鱼。
一丘一壑皆风景，随意东西乐自如。

2022．12．31

## 北湖放歌

许久不曾游北湖，北湖待我未生疏。
频催水上沙鸥舞，又令堤边柳眼舒。
细草萌生侵小陌，清波荡漾见游鱼。
如何答谢殷勤意？口占诗歌信手书。

2023．1．18

## 访黄国华农场

水有源头树有根，种粮大户最知恩。
扬帆幸得樵风助，逐梦须骑骏马奔。
热汗淋漓洒田地，农场兴旺惠乡村。
年年高奏丰收曲，驰誉江淮光耀门。

2023. 4. 9

## 春访旭光村

鹊江浩荡映晨曦，百舸争流来去驰。
大野风吹翻麦浪，小园菜绿插荆篱。
出门即是林荫道，驳岸已修碧水池。
美丽乡村美如画，同心筑梦笑扬眉。

2023. 4. 17

## 春末感怀

岁月漫长无始终，人生短暂太匆匆。
端详昔拍青春照，感叹今成白发翁。
每忆江洲植芳芷，尤怀柳岸沐清风。
四时交替年华老，一盏香醪酹落红。

2023. 5. 9

## 喜观洪源先生《识缘斋诗书》

识缘斋里日挥毫，惊叹先生才学高。
笔走龙蛇追草圣，诗如江海卷春涛。
题联黄鹤嘉名播，树帜吟坛重担挑。
最是令人崇敬处，爱乡爱国有风操。

2023. 6. 12

诗·七言律诗

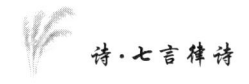

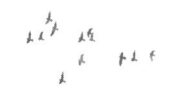

## 祝贺王书谟老师百岁华诞

百岁老人行道途，不持拐杖不需扶。
诗词创作逾千首，桃李栽培近万株。
众口称扬高品格，嘉名传遍古铜都。
举杯祝福王夫子，四季平安五内愉。

2023．6．17

## 怀念堂兄谢业胜

孤苦伶仃过一生，又聋又哑却聪明。
犁田打耙功夫好，屠狗宰猪门道精。
叹息自家无后代，爱怜吾子喂香羹。
追思昔日常帮我，岁岁坟前祭老兄。

2023．8．24

## 悼念吾妹雪霞

小妹幼时刚学语，阿哥叫得像"阿窝"。
读书上进皆夸奖，择偶欠佳遭折磨。
才到中年人早逝，遂教兄长泪婆娑。
未能救汝于危难，但恨力微无奈何。

2023．8．27

## 警报声声

又闻警报耳边鸣，顿起满腔悲愤情。
炮击沈阳燃战火，寇侵华夏戮苍生。
白山黑水皆流血，北国南疆尽举兵。
回首当年抗倭事，同心同德筑长城。

2023．9．18

## 龙年放歌

中国图腾即是龙，巨龙矫健力无穷。
普施雨水长空舞，滋润禾苗五谷丰。
宝剑龙泉歼敌寇，大刀偃月展雄风。
千秋龙马精神在，华夏腾飞世界东。

2024．2．10

## 割芦苇

秋风吹得获芦黄，雁叫长空满地霜。
抖擞精神踏征路，宛如战士赴沙场。
镰刀手舞汗珠落，苇捆肩挑尘土扬。
江畔蒹葭每年发，抚今思昔感沧桑。

2024．3．10

## 忆内子当年割芦苇事

镰刀挥动闪银光，割倒黄芦白絮扬。
重担肩挑登坝埂，满头汗滴湿衣裳。
越来越累风偏阻，又渴又饥心发慌。
薄暮时分回老屋，喝杯茶水下厨房。
追怀内子生前事，一曲悲歌泪两行。

2024．3．12

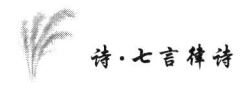

## 赠吴寿云主任

言谈举止颇从容，更有谦谦君子风。
不为自家谋富贵，唯期黎庶脱贫穷。
退居林下闲敲韵，欢聚旗亭每做东。
感谢逢人皆说项，谨将友谊记心中。

2024．3．25

## 游牡丹园

花上开花谓起楼，个中奥秘耐寻求。
莫非地利尤为好，或是奇葩从未愁？
春色引来群蝶舞，树荫遮得小园幽。
香风习习游人醉，赏景何须举酒瓯？

2024．4．2

## 花农送花

天王山下拂东风，小苑牡丹千朵红。
蝴蝶飞来收彩翼，邑人游罢梦芳丛。
担忧细雨飘多日，赠送鲜花表寸衷。
一片深情竟如许，携香归去乐融融。

2024．4．12

## 有感

晚岁生涯何所求？多些欢乐少些愁。
与其逐利劳心力，不若邀朋上酒楼。
饭后消闲宜掼蛋，人前说话莫吹牛。
当年亦是闻鸡舞，俯仰之间已白头。

2024．4．20

## 洪源故里无名河

小河两岸栽杨柳，建闸通江水变清。
锦鲤游时菱叶动，青芦密处野禽鸣。
蓄洪抗旱田家乐，溢彩流光气象生。
哺育乡村大才子，九州四海播嘉名。

2024．5．12

## 种粮大户陈信国

报国兴家须种田，从来民以食为天。
承包土地千余亩，再做粮农四十年。
鹊水发洪遭歉岁，银行贷款付工钱。
做人一贯重然诺，百里江洲嘉誉传。

2024．5．12

## 致谢何俊亮

芳邻又送子公鸡，毛羽才丰尚未啼。
曾啄旧居门外草，亦沾大埂雨天泥。
烹调肴馔思乡梓，留恋当年耕垄畦。
人世沧桑情意在，几多感慨把诗题。

2024．5．24

## 自留地

白杨尚剩十余株，树干亭亭合抱粗。
鸟唱枝头徒婉转，草封田垄已荒芜。
当年此处种蔬菜，四季风光如画图。
内子病亡锄锸锈，小园怅望一长吁。

2024．6．13

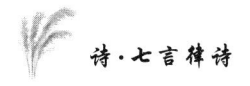

## 客至

小城盛夏热难当，电扇飞旋亦不凉。
沏好春茶奉词客，打开话匣说文章。
屈原杰作传千古，太白嘉名播万邦。
一席闲谈犹未毕，窗前暮色已苍茫。

2024．7．10

## 悼念亲家周啸峰老师

夫子当年在紫沙，我还是个学生娃。
后来执教成同事，两姓联姻做亲家。
磊落胸怀谁不敬，高超棋艺众皆夸。
惊闻跨鹤登仙去，叩首灵前堕泪花。

2024．8．3

## 长夏日记

伏天炎热受煎熬，饭菜还须亲自烧。
一钵冬瓜炖排骨，三枚鸡蛋炒丝条。
汗珠满面毛巾擦，烟火熏人电扇摇。
厨事忙完稍歇息，黄昏再把小花浇。

2024．8．10

## 早茶

板栗花生炒米糖，大厅小坐面东窗。
几声鸟叫晨光好，一缕云浮春茗香。
甚爱宣城清丽句，尤迷工部绝佳章。
饮茶之际翻书本，日日如斯乐未央。

2024．8．12

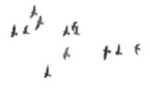

# 词

## 十六字令（二首）

### 一

江，绕过芳洲奔远方。吾庐小，筑在柳堤旁。

### 二

江，帆影渔歌飘过窗。柴扉掩，陋室有书香。

1966. 8. 4

## 忆江南·泉塘

清泉涌，漾漾满池塘。流入冲田滋稻谷，品尝一口胜琼浆。千载惠山乡。

1968. 5. 2

## 卜算子·咏菊

雁叫渚云寒，木叶风吹落。却喜园中菊数丛，晓露沾花萼。　不伴牡丹开，莫让秋萧索。垄亩躬耕日夕归，独对东篱酌。

1968. 11. 4

# 词

## 浪淘沙·怀念叶山诸亲友

孤影出南天,一锷峰巅。仙姝仿佛舞蹁跹,缕缕轻云飞彩带,缥缈山前。　　麓下有群贤,待我拳拳。少年时代乐流连,茅舍林泉如画境,梦绕魂牵。

注：民间传说叶山有仙女。

2002. 12. 3

## 浪淘沙·赠邓老并步其原韵

信步不需车,好觅奇葩。醉拈梦笔草书斜,流水行云歌白雪,媲美方家。　　梅老著新花,香溢人夸。雕龙刻凤室生霞,种树养花延鹤寿,艺海浮槎。

2005. 2. 13

## 鹧鸪天·纪念抗日战争胜利六十周年

敌忾同仇斗志昂,弓弯满月射天狼。赶跑日寇欢声动,收拾金瓯赤帜扬。　　谁落后,必遭殃。强兵富国不能忘。中华崛起龙腾跃,何惧东瀛梦呓狂!

2005. 3. 24

## 临江仙·散步有感

万木萧疏风瑟瑟,又逢北雁南归。村头陌上几低回。当年耕垄亩,夜读烛光微。　　岁月无情东逝水,依然云起云飞。少年心事早相违。垂垂多白发,感慨易生悲。

2006. 1. 18

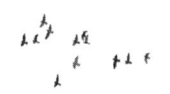

## 浣溪沙·春游

芳草如茵柳色新，莺飞自在唱阳春。三三两两早耕人。　　小麦迎风翻碧浪，菜花耀眼散清芬。踏春归去醉醺醺。

2006．3．28

## 水调歌头·江涛

风急涛声起，巨浪涌千山。沙鸥翅掠飞沫，万里泻惊湍。赤壁烽烟弥漫，祖逖中流击楫，剑影大江寒。往事东流水，渔唱荻芦湾。　　奔千古，经万世，看新颜。彩虹道道飞架，赤县创奇观。截断江流发电，点亮万家灯火，北调灌良田。两岸栽杨柳，绿色映晴川。

2006．5．10

## 清平乐·赞季羡林教授

堪称榜样，起舞闻鸡唱。求索一生成巨匠，国士深乎众望。　　心甘淡饭粗衣，作文字字珠玑。揭示儒家精髓，"和"为立国根基。

2007．1．7

## 水调歌头·堤上筑成水泥路

大道沿堤筑，玉润净无尘。东西渡口连接，一线贯乡村。就学孩童便利，散策衰翁惬意，鸣笛有车奔。旷古何曾见？乐煞众乡亲。　　思平昔，林鸠唤，雨纷纷。行人脚下泥滑，无不叹艰辛。今喜"三农"惠及，路畔楼房矗立，面貌焕然新。天地和风拂，禹甸庆同春。

2007．1．16

# 词

## 清平乐·雪（二首）

### 一

冻风时作，银蝶纷纷落。一树老梅初发萼，堪慰村居寂寞。农家难得清闲，亲朋正好相看。一客谁家醉酒？路头归去蹒跚。

### 二

令人心醉，好个丰年瑞！柳絮纷纷飘满地，树树梨花娇媚。江天一片迷茫，渡船早已停航。待到风和雪化，山河万里春光。

2007. 1. 21

## 清平乐·枇杷

四时青叶，亦有苍松节。何惧骄阳如火烈，敢傲漫天风雪。当年弃核无心，今朝绿树成荫。喜见枝头果熟，登梯笑摘黄金。

2007. 2. 10

## 清平乐·冬曝

迷途知返，年老人闲散。背曝冬阳身也暖，一觉华胥忒短。吾庐靠近江堤，朝朝信步东西。闲看春花秋月，无心关注虫鸡。

2007. 2. 20

## 浣溪沙·早春漫步

环境清幽鹊水滨，闲云野鹤老来身。残冬未尽即寻春。鸟啭妙音风和韵，苔生湿地雨留痕。缓行陌上最宜人。

2007. 3. 1

## 临江仙·花前漫兴

芍药,美称"醉西施",由此而生联想。

玉颊羞红缘底事?天生绝代风流。苎萝山下碧波柔。浣纱云影乱,含笑度春秋。　　孰料干戈吴越起,姑苏岁月悠悠。泪花流尽泛扁舟。千年犹有恨,争霸古今愁。

2007. 4. 30

## 浣溪沙·校对《五松山诗词》小憩

校对华章颇认真,逐词逐句亦劳神。凭栏一望却宜人。　　细竹摇风含画意,土花经雨露青痕。小园初霁净无尘。

2007. 9. 4

## 清平乐·望雪怀乡

雪飞南国,天地茫茫白。曲岸妆成琼玉色,映得北湖如墨。　　挥毫难赋乡愁,梦牵十里江洲。一树梅花寂寞,窗前空自香幽。

2008. 1. 15

## 西江月·戊子中秋北湖待月

湖水朦胧烟罩,夜空黯淡云遮。秋虫唧唧动心扉,阵阵风吹衣袂。　　天气渐趋晴好,玉轮突破重围。遨游广宇洒清辉,今夕更加明媚。

2008. 9. 15

# 词

## 西江月·"神七"问天

2008年9月27日下午，宇航员翟志刚出舱行走于太空，实现了中华民族的千年梦想，举国一片欢腾。

今日太空闲步，千年一梦欣圆。银河清浅泻潺潺，牛女河边可见。
问候传回人世，红旗挥上天颠。中华儿女舞蹁跹，指日飞登月殿。

2008. 9. 27

## 西江月·回故乡

横渡一川秋水，趑行柳岸沙堤。时闻犬吠夹鸡啼，喜看银棉雪缀。
故土秋光真好，旧居今日重回。桂花满树散芳菲，一嗅如痴如醉。

2008. 10. 2

## 忆江南·游江南文化园（二首）

### 一

园林美，筑在井湖湾。山色湖光相掩映，琼楼玉宇好盘桓。朝夕一凭栏。

### 二

园林夜，游客更流连。灯闪霓虹呈画境，泉喷珠玉蔚奇观。歌吹入云天。

2008. 10. 14

## 清平乐·访安平诸诗友（二首）

### 一

丁洲古渡，一片茫茫雾。纵是离娄难辨路，客棹知停何处？阴霾散尽天晴，忽闻船笛长鸣。登上江心芦渚，去寻林下先生。

### 二

的哥引路，直达林荫处。广厦向阳堤畔住，宅后菜畦瓜圃。一壶江水烹茶，堂前闲话桑麻。把酒吟诗将醉，金乌不觉西斜。

2008. 11. 7

## 西江月·悼念贤侄谢志国

关注九州晴雨，栖身江渚荒村。好风难借上青云，壮志未酬长恨。从政不辞劳累，谋生还靠耕耘。孰知一病竟亡身，悼汝潸然泪滚。

2008. 12. 10

## 西江月·题画

雪霁霞辉天宇，风过湖荡波纹。一行鸿雁篆晴云，足下捎来书信？白鹭悠然而立，黄芦萧瑟堪怜。几家茅舍小渔村，远处山峰隐隐。

2009. 1. 23

# 词

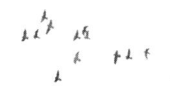

## 踏莎行·春游凤凰山

草木葱茏,春光烂漫,穿梭蜂蝶花丛乱。莺啼何处一声声?潺潺泉水流山涧。　曲径通幽,游人结伴,欢声笑语随风散。相思树下话真情,泼珠岩畔观飞练。

2009. 4. 12

## 唐多令·华芳小区假山即景

芳草绿油油,山冈花木稠。蛱蝶飞,鸟雀啁啾。小巷风来香气散,人信步,乐悠悠。　朝夕倚高楼,风光也惹愁。惜韶华,一去难留。回首人生多憾事,今老矣,复何求!

2009. 5. 18

## 鹧鸪天·安徽省首届民俗文化节观感

正值烟花三月天,江淮盛会喜空前。人工可夺天工巧,民乐须凭民众传。　歌婉转,舞蹁跹。临风举袖若神仙。齐声喝彩春雷动,一睹教人魂梦牵。

2010. 5. 10

## 清平乐·夜赴新桥卖花生

渡江登岸,暗把人生叹。一担在肩沉甸甸,月下征程漫漫。　途经关卡心惊,顺安过了稍停。走到鸡头山下,一轮红日初升。

2010. 7. 30

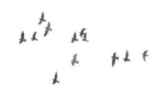

## 清平乐·看青

当年在生产队劳动时，轮到看青，颇觉轻松而有趣，故至今记忆犹新。

江洲肥沃，万亩良田绿。高搭哨棚宜纵目，日夜轮看苞谷。　　兴来吹笛临风，虫鸣月色朦胧。岂敢酣然入睡？深宵坐待霞红。

2010. 8. 3

## 菩萨蛮·候渡

孟冬鹊水沉沉碧，晴空倒映风涛息。一只小渔舟，芦湾下钓钩。江洲吾故土，老屋临南浦。遥望隔林烟，何时来渡船？

2010. 12. 24

## 菩萨蛮·阳春回故乡（二首）

### 一

麦苗一片连天绿，菜花繁盛香浓郁。小鸟放歌喉，高高立树头。又行芳草路，怀旧时停步。往事似云烟，依稀浮眼前。

### 二

江边寂寂行人少，春来长满青青草。鹊水瘦身腰，风平无浪潮。半生桑梓住，耕读生涯度。别后梦频频，心牵江岸村。

2011. 3. 31

# 词

### 浣溪沙·重访西递、宏村

　　山道弯弯车缓奔，参观西递访宏村。粉墙黛瓦古风存。　　柳絮纷飞千点雪，杜鹃怒放一山春。今朝又做武陵人。

2011. 4. 21

### 浣溪沙·棉田拖小犁

　　雨季将临整垄畦，牛工太贵自拖犁。汗珠湿透一身衣。　　壶水喝干难解渴，干粮未备怎疗饥？收工已是日平西。

2011. 7. 18

### 浣溪沙·果农

　　串串珍珠光彩流，村姑晓摘笑声悠。葡萄喜获大丰收。　　梅雨不停销路差，价钱下跌内心愁。长吁短叹未曾休。

2011. 7. 19

### 浣溪沙·回旧居

　　杂树丛生枝乱横，挥刀斫尽小园明。檐阴闲坐冷清清。　　屋瓦未翻淫雨漏，粉墙剥落绿苔生。思量往事倍伤情。

2011. 7. 23

### 浣溪沙·打工晚归

　　万盏华灯掩月光，市民街上早徜徉。罗衣飘动夜风香。　　一套肮脏工作服，半间低矮赁租房。晚归独坐好凄凉。

2011. 8. 5

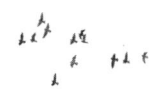

## 浣溪沙·湖边漫步

山色青青水渺茫，风翻莲叶透清香。湖边小径独徜徉。　　谁唱黄梅多婉转？更闻玉笛韵悠扬。晚年珍惜好时光。

2011. 8. 16

## 西江月·天宫一号与神舟八号对接成功喜赋

"神八"腾空而起，"天宫"早已先行。风驰电掣绕青冥，一切听从指令。　　今日重霄对接，九州一片欢腾。已将客栈设天庭，试看宇航兴盛。

2011. 11. 3

## 青玉案·观湖感怀

山城有个清幽处。卅湖水、三千亩。小艇划来划过去。柳丝摇曳，春风和煦，谁在湖心屿？　　一人闲走湖边路，岁月悠悠又回顾。历尽贫寒尝尽苦。临风嗟叹，人生多误，且趁斜阳舞。

2012. 3. 14

## 青玉案·新居漫兴

举家迁入城关住。卜居地、临公路。方便乘车宜散步。北湖桥上，五松山麓，都是常游处。　　妙哉东向开窗户，更在窗前植樟树。春暮飘香花蕊吐。朝迎红日，夕观蟾兔，好把新诗赋。

2012. 3. 16

# 词

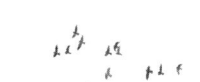

## 青玉案·洗衣女

天空散尽蒙蒙雾。一潭水、清如许。水里游鱼真可数。青青芦苇，瀼瀼晨露，都被霞光镀。　　响声忽起惊鸥鹭，石上时挥捣衣杵。飞溅水花如细雨。洗衣才毕，又耕田去，辛苦农家妇。

2012. 3. 20

## 渔家傲·怀念先慈

小时候，有一年除夕，母亲连夜为我赶做新鞋。做成后，天已明。老人去世多年矣。每当想起此事，感叹不已。

时隔多年犹记得，漫天大雪飘除夕。贫困农家徒四壁。临初一，儿无新履娘心急。　　纳底缝帮针线密，通宵达旦何曾息？不顾腰酸双眼涩。常忆及，春晖难报潸然泣。

2012. 3. 21

## 江城子·悼念妹婿陈孝平

当年矿上做工人，住农村，往来奔。步履匆匆，一路冒风尘。家务分担亲手做，兼种地，倍辛勤。　　每当我叩汝家门，去江滨，买纤鳞。叙叙家常，对饮两三樽。昔日往还犹历历，伤早逝，泪沾巾。

2012. 3. 28

## 采桑子·重阳

秋风一起天凉爽，又到重阳。田野金黄，菊放东篱淡淡香。　　轿车停在农家院，住上楼房。穿上时装，笑语声声透绿窗。

2012. 7. 18

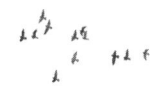

## 西江月·忆黄墩村黄梅戏剧团演出

两把胡琴伴奏,一支竹笛悠扬。时闻锣鼓响铿锵,观众凝神听唱。仙女情钟董永,天孙却爱牛郎。悲欢离合动柔肠,好戏令人难忘。

2012. 8. 2

## 浣溪沙·北湖公园

新建公园已竣工,风光扮靓县城东。一湖碧水漾清风。　曲岸已栽千棵树,小桥横跨一张弓。游人如在画图中。

2013. 1. 3

## 好事近·次韵盛晓虎先生贺岁佳作(二首)

### 一

妙笔自生花,写出满城春色。短短几行诗语,胜陈言千百。　夙闻骚客有才华,啸傲竹林碧。为避市声喧闹,住北湖之北。

### 二

元日喜新晴,好个蔚蓝天色。小立路旁闲望,有行人千百。　戏园不去去公园,湖水鸭头碧。欲探孟春消息,绕井湖南北。

2013. 2. 11

## 西江月·湖边漫笔

时雨时晴天气,忽浓忽淡云烟。林间小鸟叫声欢,风拂千条柳线。三顿犹能食饭,世情看破随缘。晚年卜宅北湖边,日与群鸥为伴。

2013. 3. 30

# 词

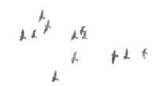

## 临江仙·湖上作

春到北湖风景好,柳丝摇曳随风。桃花初绽几枝红。莺啼娇滴滴,草发绿茸茸。　　独自常沿湖畔走,闲观水态山容。迎来飞燕送归鸿。抛开烦恼事,活得自轻松。

2013．4．3

## 西江月·紫藤架下小坐

嫩叶清新悦目,紫花绚丽生香。藤萝架下话家常,阵阵风来小巷。人老时常怀旧,身闲容易思乡。三间老屋傍长江,一念心中惆怅。

2013．4．3

## 鹧鸪天·暮春游天井湖公园

燕子来时已暮春,满坡芳草绿茵茵。小荷水面铺新叶,夜雨池塘没旧痕。　　风习习,浪粼粼。湖中柳陌净无尘。时停时走皆随意,自在犹如天上云。

2013．4．25

## 踏莎行·重访清泉村

重访清泉,却迷村路。平川一片琼楼矗。拨通电话主人来,热情迎入花园墅。　　昔日忧贫,今朝喜富。都夸改革真情露。满斟美酒共干杯,依依惜别群山暮。

2013．5．6

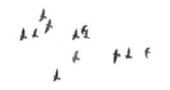

## 踏莎行·黄杨木

人聚闲庭,风摇翠竹。表亲话旧神情肃。当年吾母走娘家,看他栽种黄杨木。　岁月悠长,人生短促。萱堂早已暝双目。重提往事使人哀,不禁含泪歌斯曲。

2013．5．8

## 虞美人·斥故意损坏天井湖雕塑之不文明行为

云鬟高耸双眉秀,裙带临风皱。身材窈窕美无伦,何处女仙相聚井湖滨?　怜其被断纤纤手,无法挥红袖。孰人行事太荒唐,伤害无辜真是丧天良!

2013．5．16

## 卜算子·水榭听戏

谁在唱黄梅?半老徐娘媚。婉转多情颇动人,一出天仙配。　冉冉碧云停,默默红莲醉。唱到鸳鸯失伴时,目闪晶莹泪。

2013．5．25

## 渔家傲·秋思

落叶纷纷风瑟瑟,湖滩又见芦花白。谁系小舟红蓼侧?空伫立,毫无兴致观秋色。　北望故园山水隔,暮年竟做他乡客。回首前尘心郁悒。长太息,忽闻一阵黄昏笛。

2013．10．30

# 词

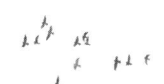

## 西江月·逐梦

号角长空回荡，征途万马奔腾。旌旗招展再长征，追梦浑身是劲。航母初巡海域，"嫦娥"已访天庭。定能富国又强兵，看我中华兴盛。

2013. 12. 7

## 青玉案·记舅氏杨家银先生悉心照料舅母事

一朝结发终生伴，日月证、山盟践。地老天荒心不变。小村厮守，茅庐温暖，双宿双飞燕。　　谁知妻病遭磨难，四处求医路跑遍。几十春秋从未怨。操持家务，递茶端饭，邻里皆称赞。

2014. 1. 8

## 浣溪沙·游览群心村农民公园（二首）

### 一

草绿花红三月天，江边空气特新鲜。诗朋结伴逛公园。　　几座石桥连曲径，满川风浪驶帆船。光荣历史说当年。

### 二

横渡长江第一船①，劈波斩浪冒烽烟。抢登南岸敢争先。　　前辈挥戈留伟业，后人追梦谱新篇。小康路上凯歌旋。

注：①群心村曾是解放军渡江第一船登陆点，园内有帆船雕塑。

2014. 4. 25

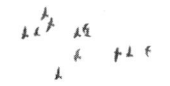

## 踏莎行·窗下读书郎

拂面清风，盈眸绿色，一窗藤叶天然饰。遮阳消暑送清凉，声声鸟语添幽寂。　　伏案观书，挥毫泼墨。志存高远争朝夕。苍穹浩瀚欲遨游，雄鹰将展凌云翼。

2014. 5. 26

## 水调歌头·纪念抗日战争胜利六十九周年

回首昔年事，日寇逞凶狂，出兵大举侵略，妄想灭吾邦。华夏泱泱大国，守土人人有责，奋起救危亡。共御外来敌，举起手中枪。　　黄河吼，长江怒，战旗扬。冲锋陷阵，英雄儿女打豺狼。血染神州土地，气壮三山五岳，赶走小东洋。历史须牢记，筑梦为图强。

2014. 6. 11

## 渔家傲·赞环卫工（二首）

### 一

环卫工人忠职守，大街小巷勤挥帚，垃圾扫完车运走。除污垢，星星点点无遗漏。　　送走残宵迎白昼，隆冬何惧寒风吼，三伏汗流衣湿透。勤劳手，市容保洁争优秀。

### 二

扫帚一挥惊宿鸟，抬头才见东方晓，垃圾清除环境好。阳光照，擦干汗水开心笑。　　搞好卫生真重要，文明创建氛围造，工作平凡非渺小。天天扫，新功再立增荣耀。

2014. 9. 7

# 词

## 卜算子·湖边独坐

秋水映晴空，上下俱澄碧。鱼在云中缓缓游，鸟过湖心疾。　　簇簇蓼花红，点点芦花白。又是西风稻菽黄，悔做他乡客。

2014. 11. 13

## 破阵子·回顾抗日战争（三首）

### 一、七七事变

一片卢沟晓月，千秋见证沧桑。日寇当年寻借口，炮击城池气焰狂。宛平遭祸殃。　　禹甸岂容侵略？军民拿起刀枪。血染山河神鬼泣，战死沙场骨亦香。肃然酹国殇。

### 二、平型关大捷

日寇非常骄横，出兵进犯山西。血雨腥风天地暗，烽火燃烧城郭隳。哀鸿四处飞。　　八路摩拳擦掌，平型布阵包围。枪炮齐鸣喷怒火，呐喊回声滚巨雷。凯歌扬国威。

### 三、百团大战

牵制日军南进，砸开铁栅囚笼。游击健儿如猛虎，八路雄师似蛟龙。冲天烽火红。　　千里狂飙席卷，百团打出威风。破路攻城端碉堡，斩寇锄奸扫害虫。英豪立战功。

2014. 11. 22

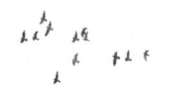

## 千秋岁·写于南京大屠杀死难者国家公祭日

石头城里,哀乐随风起。旗半降,眸含泪。花圈恭敬献,元首亲临祭。人肃立,满腔愤恨思前事。　　日寇皆狼戾,屠戮南京市。三十万,尸横地。血流江水赤,犯下滔天罪。当警惕,贼心不死须防备。

2014. 12. 13

## 忆秦娥·白莲

池清澈,微波托起田田叶。田田叶,碧云浮动,远天相接。　　莲花朵朵凝霜雪,出泥不染真高洁。真高洁,清风吹过,水涯香彻。

2015. 8. 1

## 忆秦娥·红莲

珠光烨,莲花笑露红红靥。红红靥,绿裳飘动,不禁称绝。　　一朝唯恐西风烈,美人迟暮愁难说。愁难说,回眸相望,黯然挥别。

2015. 9. 1

## 忆江南·窗前秋色

秋光好,丛菊透芬芳。几棵香樟枝翠绿,一林银杏叶金黄。朝夕倚南窗。

2015. 11. 17

## 忆江南·连日阴雨(二首)

### 一

风萧瑟,树叶渐飘零。两岸楼台皆隐约,一湖烟雨不分明。何日转天晴?

二

鸠堪恨，啼雨未啼晴。久坐书房身易倦，欲寻风景路难行。愁绪一时生。

2015．11．19

## 踏莎行·胥坝乡荣获"中华诗词之乡"称号感赋

陌上芳花，村边新柳，春光召唤耕田叟。一心逐梦未曾闲，江洲结社邀诗友。　　鹊水涛奔，诗乡牌授。精神抖擞朝前走。小康路上放歌喉，歌声响彻重霄九。

2015．12．18

## 渔家傲·湖边漫步

点点圈圈湖面雨，弯弯曲曲湖边路，隔水楼台浮薄雾。香飘处，枝头又见梅花吐。　　岁月匆匆留不住，苍颜白发人迟暮，惭愧平生无建树。空回顾，愁情满腹朝谁诉！

2015．12．24

## 渔家傲·思故乡

六十春秋洲上住，旧居就在江湾处，看惯白帆来复去。飞鸥鹭，南来北往人呼渡。　　春日花开蜂蝶舞，柳塘夏夜鸣蛙鼓，白雪团团棉吐絮。思乡苦，深宵梦绕清江浦。

2016．1．3

## 满江红·娄山关上颂红军

峭壁悬崖,千峰耸、雄鹰难越。工事固、敌军防守,一关横遏。战马奔驰烽火路,红星辉映霜晨月。剑指处、奋勇夺娄关,红军捷。
怀往事,心内热。垂首立,丰碑谒。谨将花一束,献于先烈。业绩永垂华夏史,杜鹃曾染英雄血。号角催、逐梦上征程,尤心切!

2016. 1. 24

## 忆秦娥·天井湖春景

春雨歇,一湖碧水沦漪结。沦漪结,小舟来去,水天空阔。　　春阳温暖飞禽悦,柳条吐翠东风拂。东风拂,桃花含笑,李花如雪。

2016. 3. 15

## 一剪梅·春访东联乡

春到江南鱼米乡,绿柳丝长,油菜花黄。柔风习习送清香,身沐朝阳,心醉春光。　　彩笔新描诗画墙,人住楼房,鸭戏池塘。男男女女着时装,神采飞扬,迈步康庄。

2016. 3. 25

## 渔家傲·朱永路

横贯东西朱永路,两旁栽植常青树。一道河桥横野渡。车过处,清风扑面无尘土。　　往岁每逢连日雨,泥沾鞋底难挪步。物产颇难销出去。今无虑,一通公路家家富。

2016. 3. 31

# 词

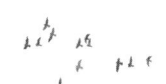

## 水调歌头·次韵盛晓虎先生端阳词

骚客有文采,水调唱端阳。连朝阴雨天气,新霁晓风凉。蒲剑高悬门外,角黍清香漫溢,壶酒泡雄黄。风俗几千载,时说汨罗江。　　想当日,大夫泪,洒沅湘。谗言轻信,人间谁不恨怀王?岁岁龙舟竞渡,屈子精神不朽,屈赋读经常。生在清平世,追梦莫彷徨!

2016. 6. 10

## 鹊踏枝·步王德余先生韵,赠孙丽华女士

饱读诗书堪脱俗。一片冰心,胜过珠千斛。谱曲填词劳夜夙,性情开朗眉焉蹙?　　三九天寒冰雪酷。唯有梅花,禁得风霜浴。淑女未思名利逐,如泉清澈如花馥。

2016. 6. 15

## 沁园春·祝贺《今日义安》刊行二十周年

一报刊行,二十春秋,业绩斐然。记铜陵改革,春潮澎湃;城乡建设,喜讯频传。激浊扬清,培根固本,肝胆长怀一寸丹。生花笔,写风流人物,锦绣河山。　　心仪报社诸贤,把重任时时担在肩。又弘扬国粹,践行"双百";诗词登载,滋润心田。关注诗乡,跟踪采访,消息经常见报端。歌长调,祝辉煌再创,一马当先!

2016. 6. 25

## 眼儿媚·接到诗友贺节电话

今岁中秋忒无聊,竟夕雨潇潇。举杯遥望,婵娟何在?无法相邀。忽闻诗友殷勤语,心海涌波涛。顿时如见,一轮明月,升上林梢。

2016. 9. 15

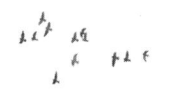

## 醉东风·春节

金鸡报晓,日出祥光绕。枝上喳喳鸣小鸟,又是一年春到。　家家户户团圆,人人衣着光鲜。笑饮几盅醇酒,征途逐梦扬鞭。

2017．1．27

## 踏莎行·游胥坝

春柳婀娜,桃花烂漫。层层麦浪随风卷。老农陌上荷锄行,低空掠过双飞燕。　临水凉亭,向阳庭院。歌声回荡江洲岸。故乡游罢不思归,归来梦里犹思念。

2017．3．3

## 鹧鸪天·雨中行

十日难逢一日晴,东西南北鹁鸪鸣。江南三月春寒在,柳线千条嫩叶生。　沿曲陌,过芳汀。北湖水面雾腾腾。风风雨雨寻常事,一笑依然迈步行。

2017．3．26

## 青玉案·西湖村赏莲花

黄梅季节游南浦,一万亩、风荷举。朵朵莲花沾宿雨。清香飘拂,笑容微露,疑是瑶台女。　如思如怨还如慕,一笛横吹在何处?引得群鸥皆起舞。怦然心动,不思离去,欲傍西湖住。

2017．6．30

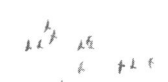

## 长相思·小亭感怀

夏蝉鸣,林鸟鸣。身倦黄昏坐小亭,悄然思一生。　　风一程,雨一程。风雨声中一路行,何时风雨停?

2017．7．8

## 清平乐·故乡(三首)

### 一

闲行陌上,小鸟枝头唱。遍野菜花香气漫,风卷层层麦浪。　　老农挥动锄头,汗珠洒落田畴。播种春天希望,好收一个金秋。

### 二

芳洲故里,四面皆环水。一叶风帆江上驶,浪曳沙滩绿苇。　　棉田花白花红,引来戏蝶游蜂。入夜虫声响起,村原月色朦胧。

### 三

炎炎盛夏,梦里思胥坝。阵阵江风来柳下,午日当空未怕。　　三三两两棉农,瓜棚豆架相逢。一袋旱烟抽罢,荷锄各自西东。

2017．7．23

## 如梦令·携老妻小女就近游

走过万山千岭,四面八方寻胜。今去井湖游,却讶一池荷影。当醒,当醒,莫负近旁风景。

2017．8．26

## 西江月·登荷叶洲

荷叶洲头怀古，心伤断壁残垣。明清建筑毁烽烟，堪恨狂倭糟践。遥想当年商旅，来来往往江边。茶楼酒肆笑声喧，盛况何时重现？

2017. 10. 29

## 清平乐·新时代

心潮澎湃，跨入新时代。国力增强何等快，赢得全球喝彩。　　九霄驰骋"天宫"，深洋潜跃"蛟龙"。航母巡行海面，长征破浪乘风。

2017. 11. 5

## 清平乐·江洲儿女

春潮拍岸，撸袖加油干。筑梦辛勤挥热汗，喜看家园巨变。　　平房换作楼房，家乡又是诗乡。已过小康生活，再书时代华章。

2017. 11. 17

## 踏莎行·秋游西湖湿地

红蓼黄芦，清波绿树，一群白鹭翩翩舞。清新空气最宜人，此生有幸铜陵住。　　采得秋光，写成诗句，付邮遥寄朋侪处。山阴道上不思游，朝朝爱走湖边路。

2017. 11. 30

## 好事近·次韵盛晓虎先生新年佳作

冬雪未全消，田野早呈春色。路上客流潮涌，有轿车千百。　　金樽高举吐心声，逐梦欲张翼。但觉九州生气，漫东西南北。

2018. 2. 15

# 词

## 渔歌子·龙潭

树绕龙潭一境幽,苇丛停泊钓鱼舟。才下网,又垂钩,连同霞彩一齐收。

2018. 5. 16

## 西江月·城居苦夏

哪有微风吹拂?蝉鸣无止无休。骄阳似火烤高楼,闷热令人难受。更念昔居桑梓,长江环绕芳洲。竹床夏夜置堤头,卧看天空星斗。

2018. 7. 28

## 水调歌头·铜陵礼赞

浩渺鹊江水,秀丽凤凰山。铜陵风景如画,处处展新颜。江上长虹飞架,车辆奔驰而过,商旅笑声喧。经济插双翅,改革谱新篇。　城镇靓,乡村美,庶民欢。安居乐业,歌声嘹亮舞蹁跹。继续长征逐梦,铸就千秋伟业,号角响云天。跨入新时代,快马再加鞭。

2018. 9. 12

## 江南春·校园行(三首)

### 一、早读

花艳艳,草青青。楼房连栋立,窗户透光明。儿童皆有成才梦,晨读琅琅真动听。

### 二、早操

天宇碧,日头高。风儿传乐曲,孩子做晨操。雏鹰春燕多欢快,生气盎然皆好苗。

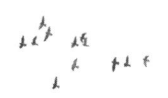

## 三、教师

工教学，爱钻研，操劳宵与昼，培育蕙和兰。深知肩负千斤担，红烛支支燃校园。

2018．11．14

## 清平乐·赴胥坝中心小学讲诗词格律

校园真好，可惜吾年老。三尺讲台魂梦绕，情结此生难了。　　今朝有幸重来，不禁笑逐颜开。试说黄金格律，共将诗教花栽。

2018．11．20

## 渔家傲·五松诸友

翁媪一群真有趣，几家饭店经常聚。少食荤腥多食素。金樽举，天空海阔争先语。　　或咏诗词谈掌故，或云又摄黄山雾。还论养花和种树。童心驻，从来不叹年华暮。

2019．1．12

## 忆秦娥·己亥年春节

风吹雪，他乡今又逢春节。逢春节，故园遥望，内心愁绝。　　三间茅舍堤边结，当年何事轻离别？轻离别，时时怀念，小江风月。

2019．2．10

# 词

## 柳梢青·回故居，见亡妻旧衣，顿悲

草长莺啼，风和日暖，岸柳依依。故里重来，偕同儿女，漫步芳堤。　门前依旧疏篱，别人种、春蔬数畦。入室开橱，人亡衣在，顿感悲凄。

2019．3．6

## 鹧鸪天·洪楼村采风

创建文明争一流，同心筑梦展鸿猷。脱贫农户兴家业，迈步康庄有劲头。　花斗艳，径通幽。林中百鸟赛歌喉。乡村新貌如图画，一派风光难尽收。

2019．5．16

## 喜迁莺·长孙谢旺考上大学喜赋

怀理想，惜时光，从小读寒窗。谢家欣有好儿郎，看折桂枝香。云帆举，沧海渡，拾贝采珠无数。弄潮追梦志昂扬，佳绩报乡邦。

2019．7．26

## 渔家傲·群心村渔民水上打捞队

一叶扁舟双短楫，捕鱼捉蟹谋衣食。网撒风晨和月夕。浑相识，平莎细柳飞花荻。　保护长江新政出，渔民上岸心难适。长处发挥重组织。船头立，清除垃圾波涛碧。

2019．9．5

## 沁园春·庆祝中华人民共和国成立七十周年

七十生辰,水笑山欢,日朗气清。望神州处处,红旗招展,敲锣打鼓,结彩张灯。触景生情,抚今思昔,扫尽乌云天放晴。新中国,似一轮红日,喷薄东升。　　难忘岁月峥嵘,劈新路航船破浪行。唱春天故事,歌声嘹亮,宏图大展,鹏鸟飞腾。提倡清廉,严惩腐败,正气弘扬举世称。齐追梦,看风帆高挂,再上征程。

2019. 10. 1

## 西江月·湖滨

远处传来音乐,湖边闪烁灯光。双双翁媪自徜徉,引起吾心惆怅。莫唱巴山夜雨,愁吟明月松冈。贤妻羽化日思量,今世今生难忘。

2019. 12. 9

## 卜算子·老友送菜蔬

小袋手中提,几棵新蔬绿。摘自家园送给吾,情意何其笃。　　中午下厨房,菜炒须臾熟。还就盘飧饮数杯,感慨歌斯曲。

2020. 1. 7

## 卜算子·老友送年糕

腊月打年糕,户户迎新岁。企盼前程步步高,事事皆如意。　　老友送糕来,受赠心中愧。今日何须再举杯,早被真情醉。

2020. 1. 13

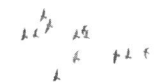

## 巫山一段云·春游杏花村

芳草连天碧，垂杨照水青。杏花烂漫恰春晴，小酌过清明。　　平地高楼起，民间陋习更。贵池新貌最堪称，歌咏动真情。

2020．3．26

## 忆秦娥·渡口悼亡妻

丁洲渡，东风吹绿江边树。江边树，万条千缕，暮春飞絮。　　又来昔日同游处，风光依旧人亡故。人亡故，遗踪难觅，内心酸楚。

2020．4．5

## 踏莎行·读王宏书诗稿

聪慧村姑，斯文小友，曾来吾宅将门叩。翻看一沓薛涛笺，令人惊叹皆佳构。　　出水新荷，含烟弱柳，一丘一壑风光秀。逐词逐句再三吟，陶然如醉茅台酒。

2020．5．9

## 浪淘沙·自述

半辈住乡村，远隔红尘。采樵汲水走江滨。看惯风帆来复去，鸥鹭相亲。　　挥手别衡门，只为儿孙。城居多是陌生人。一自老妻仙逝后，愁度黄昏。

2020．5．12

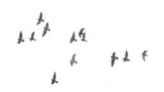

## 踏莎行·即景

　　湖畔人家，枇杷院落，花坛砌在花墙角。微风吹拂散幽香，青藤缀满金银萼。　　衣食无忧，桑榆有乐，一杯小酒悠然酌。老翁老妪拉家常，笑声惊起枝头雀。

2020．5．15

## 卜算子·老友送箬粽

　　忽忽又端阳，梅雨潇潇下。听到门扉叩击声，有客来寒舍。　　受赠谢良朋，过节劳牵挂。切切休言礼物轻，情谊真无价。

2020．6．23

## 卜算子·孤雁

　　薄暮下荒滩，落叶萧萧树。乌鹊纷纷各自归，江上笼烟雾。　　万里昔同飞，何惧穿风雨？孰料途中一只亡，从此悲孤旅。

2020．7．28

## 卜算子·赠友人

　　空谷响跫音，户外迎佳友。一室闲谈兴致高，情谊天长久。　　同赏蜡梅花，共咏春风柳。每到依依惜别时，相互挥挥手。

2020．9．6

## 柳梢青·赠诗友

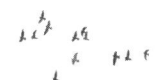

漫漫征程，沧桑几度，哪管阴晴？雪里红梅，篱边金菊，细吐芳馨。　携琴一路前行，曼吟处，桐花凤鸣。锦琴年华，峥嵘岁月，诗意人生。

2020．9．12

## 卜算子·遥念东篱菊

风小雨疏疏，山岭笼烟雾。独自闲行鹊水滨，不觉天光暮。　遥念菊花开，欲咏无佳句。何日携樽访绿丛？一醉香飘处。

2020．9．16

## 忆江南·雨夜

孤灯暗，窗外雨潇潇，南浦送君思昨日，东篱采菊待明朝。不寐涌心潮。

2020．9．22

## 踏莎行·秋收秋种

稻海波翻，心潮浪涌。脱贫致富凭劳动。大江南北喜开镰，欢声笑语随风送。　人往人来，秋收秋种。小康路上腾龙凤。深耕沃土汗珠流，辛勤又播丰收梦。

2020．9．27

## 点绛唇·中秋望月

丹桂飘香，又将佳节中秋度。月圆如许，高咏东坡句。　　仰望蟾宫，喜讯传娥女，思迎汝，一舟将去，携兔回乡住。

2020. 10. 1

## 卜算子·闻佳讯

拾级试登高，畅饮重阳酒。霜染枫林一片红，更显江山秀。　　信息忽传来，有约欣然受。情谊殷殷最可珍，访胜偕佳友。

2020. 10. 13

## 卜算子·剪韭有感

日日涉芳园，侍弄畦畦韭。点检青蔬最爱它，刈罢重新透。　　我谓世人交，贵在能持久。情谊长存永不衰，方是真朋友。

2020. 10. 17

## 醉太平·田家

盈盈玉池，疏疏竹篱。好栽青菜畦畦，更黄昏雀栖。　　揩干汗珠，身披褐衣。如何缓解筋疲？酌春醪数杯。

2020. 10. 19

## 鹧鸪天·秋游

小道弯弯复漫长，诗人结伴访山乡。仙禽展翅翩翩舞，稻海翻波灿灿黄。　　松柏翠，橘柑香。丰收田野笑声扬。采风路上心陶醉，剪取秋光入锦囊。

2020. 11. 3

# 词

## 卜算子·银杏（二首）

### 一

未见塞鸿来，已觉霜华冷，一片金黄白果林，引起游山兴。本是木中珍，几个诗人咏？绿叶炎天蔽日光，老也成风景。

### 二

岭岭彩霞屯，树树黄金扇。游客摩肩接踵来，个个皆惊叹。从未屈身腰，一似英雄汉。万劫犹存岂等闲，只把神州恋。

2020.11.9

## 卜算子·咏梅

半瓮未醅醐，却被梅花醉。几度霜风坼嫩苞，香气飘窗内。雪里一枝娇，最具诗情味。数九寒天夜不眠，月下遥相对。

2020.11.19

## 卜算子·友人发来信息

小雨落纷纷，路上行人少。独处萧斋倍冷清，愁绪如何了？来信两三行，字字皆瑰宝。读罢心中暖意生，仿佛春来早。

2020.11.27

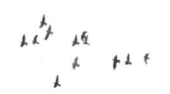

## 踏莎行·观兴村汪卫民家荣获"美丽庭院"称号

　　玉石台阶，农家别墅。庭院栽植常青树。紫藤架下筑凉亭，草坪四季春光驻。　　创业艰难，成才辛苦。扬帆幸得樵风助。梅花一笑百花开，更期带领乡亲富。

2020．12．4

## 一剪梅·女教师

　　肩挎背包走出家，项系纱巾，面映朝霞。途中何惧北风寒，脚步匆匆，踏碎霜花。　　有梦人生最可夸，红烛燃烧，光照娃娃。汗珠挥洒满园春，苗木欣欣，不负韶华。

2021．1．16

## 渔家傲·腊八吟

　　半夜起床忙碌碌，时逢腊八熬锅粥。沸沸腾腾香扑扑。刚炊熟，东方泛白升红日。　　餐罢动情歌一曲，不愁衣食吾心足。几卷诗书朝夕读。寻梅竹，闲来爱去青山麓。

2021．1．20

## 卜算子·踏青

　　枯坐正无聊，窗外黄莺语。陌上樱花烂漫红，何不寻芳去？　　春草绿湖边，风柳摇丝缕。未见南方燕子来，可是关山阻？

2021．2．24

# 词

## 蝶恋花·辛丑年元宵节

细雨霏霏风猎猎。雾气腾腾,鸠鹁声啼彻。未舞鱼龙风景煞,今年咋过元宵节? 满腹愁情思上达。欲驾飞槎,好去朝天阙。求得云开风雨歇,还吾一个团团月。

2021.2.26

## 卜算子·游梧桐花谷

为看郁金香,步入梧桐谷。圃圃奇葩正盛开,全靠园丁育。 香气漫山坡,长袖飘红绿。游女如云彩蝶飞,合奏《春光曲》。

2021.3.24

## 西江月·渔夫

雨霁山峰微黑,云开天色深蓝。黄昏一棹始收帆,绿苇丛中系缆。现煮野生河鲫,斜披破旧衣衫。几盅饮罢已沉酣,堪羡襟怀恬淡。

2021.7.12

## 喜迁莺·贺外孙王科考上大学

传喜报,众欢愉,杯酒贺龙驹。物华天宝数洪都,求学就鸿儒。思怀橘,钦王勃,效法古今英杰。少年须读五车书,他日展宏图。

2021.7.21

## 浣溪沙·江滨行

苞谷金黄晚稻青,一群白鹭立芳汀。鱼游芦荡乱浮萍。 犬吠门前村女过,鸡啼院落午烟升。乡居岁月好安宁。

2021.8.11

## 卜算子·七夕

喜鹊搭桥梁，只为怜牛女。银汉迢迢见面难，日夜相思苦。　挚爱永坚贞，神话传千古。今夕重逢祝顺当，切莫遭风雨。

2021．8．14

## 卜算子·重游天井湖怀内子

屈指已三年，未走湖心路。杨柳千丝万缕垂，重到同游处。　默默立桥头，点点黄昏雨。四顾茫然雾气生，岛上飞孤鹜。

2021．8．16

## 卜算子·七月半怀旧

往事又回眸，一阵心头热。记得山妻下灶房，细把南瓜切。　老母笑吟吟，饼熟装盘碟。此景犹如在眼前，泪洒中元节。

2021．8．23

## 蝶恋花·诗为伴

晚岁生涯诚可叹，琐事缠身，忙得团团转。过度操劳人易倦，依然抽空将书看。　一卷打开春烂漫，草绿花红，燕舞黄鹂啭。饱览风光愁尽散，索居幸有诗为伴。

2021．8．30

## 卜算子·北湖公园闲吟

家住小城东，朝夕公园走。鱼跃鸥飞草木荣，湖水清如酒。　遥望岭头云，倦倚堤边柳。嘱托樵风口信捎，问候山中友。

2021．9．3

# 词

## 卜算子·湖畔

小鸟向人歌,风也牵衣袖。湖水清清漾笑纹,云影随吾走。　吐艳木芙蓉,起舞多情柳。只要胸中有爱心,何处无朋友!

2021. 9. 11

## 水调歌头·学习党史,肩担使命

十月炮声响,赤帜耀红船。南昌"八一"风暴,会师井冈山。红色政权成立,奴隶投身革命,分地又分田。万里长征路,壮士赴延安。

反侵略,歼倭寇,保家园。毛公挥手,三大战役凯歌还。推倒大山三座,创建崭新中国,百姓尽开颜。逐梦新时代,使命勇担肩!

2021. 9. 13

## 卜算子·中秋

桂子乍飘香,又到中秋节。霄汉无声转玉轮,万里清辉彻。　枣栗满盘堆,把盏心欢悦。但愿亲人岁岁安,共赏团团月。

2021. 9. 21

## 卜算子·游姥山

八百里巢湖,中有三孤岛。渡过惊涛上姥山,一塔宜登眺。　住户百来家,终日云烟绕。松竹葱茏小鸟鸣,世外桃源好。

2021. 10. 10

## 卜算子·野菊花

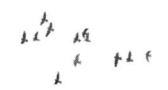

窗外鹊江流，故里姚家套。又见丛丛野菊花，点缀羊肠道。羡汝傲霜开，叹我人生老。白发皤然旧地游，触景伤怀抱。

2021. 11. 14

## 蝶恋花·读书漫咏

男女痴情真不少，海誓山盟，欲做鸳鸯鸟。可惜初心难永葆，争争吵吵徒烦恼。百宝香沉波渺渺，一扇桃花柱对侯生好。牵手未能牵到老，恩恩怨怨何时了？

2021. 11. 20

## 卜算子·旧居携回陶瓷罐

蔽帚尚堪珍，何况陶瓷罐。腌过生姜雪里蕻，渍过香甜蒜。老母善持家，小菜宜餐饭。罐体如今长绿苔，手拭深深叹。

2021. 11. 25

## 卜算子·早茶

早早下厨房，急急烧开水。漱洗之余坐桌边，旭日刚升起。几颗核桃仁，半把花生米。品品春茶读读书，晚岁无求矣。

2021. 11. 28

## 卜算子·防骗

到处骗钱财，谎话随时造。骗子花招格外多，切莫钻圈套。试玉烤三天，真假才分晓。处世常存戒备心，钱袋方能保。

2021. 12. 14

# 词

## 渔家傲·自嘲

早饭迟来中饭晏，晚餐每到星星现。厨艺哪知红白案？行动慢，无人催促无人管。　　得空辄游湖水畔，爱听林鸟声声唤。几册诗书朝夕看。身尚健，有衣有食何须叹！

2021．12．22

## 卜算子·腊月豌豆开花

信步北湖边，小立沙滩角。豆棵牵藤绿叶娇，粉白花儿着。　　一味出风头，唯恐霜华落。天道从来不可违，势必无收获。

2022．1．9

## 卜算子·看小女所拍视频

故里紫沙洲，腊月潇潇雨。鹄水无潮静静流，半掩蒙蒙雾。　　老屋湿淋淋，银桂花犹吐。小女回乡拍视频，看罢思江渚。

2022．1．28

## 沁园春·北京冬奥会隆重开幕

旗帜飘扬，火炬燃烧，冬奥办成。喜环球各国，组团参会；长城脚下，会集群英。东道陪同，殷勤服务，彰显中华好客情。将开赛，尽摩拳擦掌，虎跃龙腾。

美哉双奥之城，看无限风光在北京。赏鸟巢灯火，流光溢彩；高科妙用，举世皆惊。开幕声中，群情激奋，一片欢呼霹雳鸣。东风拂，促文明进步，世界和平。

2022．2．6

## 浣溪沙·插花吟

百合花儿康乃馨,一同斜插水晶瓶。娇娇艳艳饰闲厅。　欢度新春期吉利,欣逢盛世乐安宁。诗坛文苑再勤耕。

2022. 2. 13

## 长相思·忆内子生前劳作事

晓风清,鹊水清。柳岸传来砧杵声,浣衣天乍明。　麦田耕,菜地耕。手握银锄挥不停,追思老泪零。

2022. 2. 13

## 浣溪沙·情人节有感

妙笔生花秦少游,歌吟七夕占鳌头。鹊桥故事说千秋。　生是华人应爱国,为何节日却崇欧?淡忘传统实堪忧。

2022. 2. 14

## 卜算子·元夜无月

岁尾至年头,时雨时飞雪。身着棉衣尚觉寒,又到元宵节。　举目望天空,哪有团团月?云雾蒙蒙未放晴,愁绪跟谁说?

2022. 2. 18

## 卜算子·小花

点点小蓝花,名字无人识。开在湖边野草丛,活得真安逸。　戏蝶未光临,游女焉思摘?祸福从来一并存,久久花前立。

2022. 3. 4

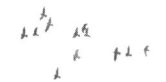

# 词

## 卜算子·苇塘捕鱼

杨柳吐新芽，麦浪千重碧。二月初头渚上游，闲走春风陌。村媪桨轻摇，老叟船头立。一网金鳞一网霞，其乐何人及？

2022．3．5

## 卜算子·古柳

春日过汀洲，又见江边树。老干虬枝数十年，历尽风和雨。忆昔少年时，此地乘船渡。感叹吾人白了头，柳尚摇金缕。

2022．3．6

## 卜算子·踏青

田野菜花黄，河柳枝条翠。林内传来小鸟啼，鱼戏粼粼水。凉帽半遮颜，谁在挑新荠？脱下冬装好惬怀，走在春风里。

2022．3．11

## 浣溪沙·湖边

几只沙鸥展翅翔，一湖春水碧汪汪。钓叟垂纶好安详。蚕豆开花分黑白，柳丝沾雨见青黄。为何风景似家乡？

2022．3．13

## 采桑子·牡丹之思

开春但恨晴天少，小雨连绵，乍暖还寒，深夜频频梦牡丹。自从路过青山下，一见芳颜，总是魂牵，何日才能访小园？

2022．3．29

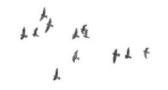

## 一剪梅·故乡岁月

故土曾居六十春,耕在江村,读在江村。孤洲远远隔红尘,空气清新,草木清芬。　　无事闲行鹊水滨,俯瞰波纹,仰望天云。回眸往事倍温馨,留恋蓬门,思念乡亲。

2022. 4. 2

## 一剪梅·怀念故乡紫沙洲

深夜时常梦老家,春看杨花,秋看芦花。一轮丽日照滩沙,水映红霞,桨荡咿呀。　　瓦屋三椽绿树遮,地种桑麻,豆挂篱笆。如今两鬓染霜华,人在湖涯,心在江涯。

2022. 4. 2

## 卜算子·紫藤花下悼亡妻

串串紫藤花,阵阵飘香气。忆昔携卿赏丽葩,今独来斯地。　　时节又清明,难去松冈祭。物是人非百感生,一洒伤心泪。

2022. 4. 5

## 卜算子·窗外香樟树

绿色满东窗,几棵香樟树。生气盎然耐暑寒,春末芳花吐。　　相伴度晨昏,谢汝怜迟暮。默默无言巨伞撑,为我遮风雨。

2022. 4. 26

# 词

## 鹧鸪天·凤凰山中赏牡丹

竹翠泉清小道弯,应邀又访凤凰山。相思树下听传说,滴水崖前看牡丹。　　沾细露,罩轻烟。芳容当比贵妃妍。惜花但盼花长在,唯恐声声啼杜鹃。

2022. 4. 30

## 卜算子·黄昏

一觉梦华胥,醒罢何方去?湖畔清幽独自行,孤鹜投芳渚。　　雾气细蒙蒙,又是山城暮。点亮心头一盏灯,走好人生路。

2022. 5. 4

## 采桑子·怀念已故亲人

沉吟多日心矛盾,常想回乡,又怕回乡,旧地重游易感伤。　　今朝复返姚家套,鹊水悠长,思绪悠长,怀念贤妻酹一觞。

2022. 5. 15

## 卜算子·自嘲

年老未清闲,文友常催稿。家务缠身镇日忙,苦处谁人晓?　　豆腐煮锅中,抽空将诗草。一股难闻气味来,菜已烧焦了。

2022. 5. 17

## 清平乐·外卖小哥

听从召唤,街巷都跑遍。配送菜肴和米饭,总是春风满面。　　笑迎烈日行天,更经三九严寒。只要他人满意,心中便觉欣然。

2022. 7. 22

## 鹧鸪天·大学生毕业回乡开网店

燕舞莺歌春日暄，凤丹花放凤凰山。丹皮制药能疗疾，政府关心解困难。　开网店，惠家园。地方特产售云端。五湖四海商人至，万户千门喜讯传。

2022. 7. 22

## 清平乐·听蝉鸣

蝉鸣未歇，岂是夸高洁？提醒时人防暑热，情意何其深切。　小虫竟有胸襟，对人如此关心。想起炎凉世态，不禁感慨遥深。

2022. 7. 25

## 卜算子·读书

好学为修身，非为黄金屋。长忆当年住紫沙，学到深宵宿。　甚爱屈平兰，亦喜陶潜菊。岁月匆匆白发生，依旧将书读。

2022. 8. 12

## 醉花间·双节感怀

中秋节，教师节，双节相重叠。良夜倚东窗，仰望团团月。　擎杯歌一阕，不必悲华发。长怀赤子情，追梦心犹热。

2022. 9. 10

## 卜算子·矿山新貌

开矿炮声停，复绿工程好。草木葱茏鸟雀多，溪水清清绕。　山畔筑楼房，门外林荫道。君看居民散步时，面带微微笑。

2022. 9. 23

# 词

## 卜算子·食芋

天气雾蒙蒙，窗外潇潇雨。老友黄昏打伞来，送我红甘薯。　　时位可移人，幸未离乡土。坚守初心一布衣，食芋香如故。

2022.10.9

## 卜算子·遇见老人携花木

拐杖手中持，趔趄林荫道。老妪曾经患中风，病未完全好。　　秋得杜鹃苗，春盼花枝俏。强者精神永不衰，逆境犹含笑。

2022.10.12

## 浣溪沙·回故乡做客于农家

水蓼花开一片红，秋芦穗重露华浓。飞禽歌唱树林中。　　现做佳肴忙碌碌，买来美酒兴冲冲。今朝又醉故乡风。

2022.10.16

## 江南春·秋思

杨柳岸，蓼花汀。秋芦飘白絮，金菊透清芬。谁知游子心惆怅，朝夕怀思江上村。

2022.10.20

## 江南春·乡思

千棵柳，紫沙洲。窗前帆影过，堤外鹊江流。何时重返姚家套，闲望江天飞白鸥。

2022.10.23

## 清平乐·养花

年华虽老,生趣依然好。不用上班还起早,浇灌花花草草。春兰暗送幽香,粉栀点缀东窗。最数黄花可爱,侑吾小酌琼浆。

2022. 11. 2

## 卜算子·傍晚

天色已黄昏,踯躅林荫道。乡思无端又袭来,怀念姚家套。忆昔在江洲,烦恼忧愁少。迁到城关内子亡,再也无欢笑。

2022. 11. 2

## 清平乐·金秋诗会上过生日

群英荟萃,初度逢诗会。日朗气清花艳丽,四美今朝毕备。登台更有佳人,歌声响遏行云。笛奏丰收乐曲,宴开高举金樽。

2022. 11. 5

## 清平乐·作客山庄

青山夕照,点点归飞鸟。暮色渐深云雾绕,楼上擎杯远眺。广场亮起华灯,传来阵阵歌声。临别频频挥手,晚风格外温馨。

2022. 11. 11

## 卜算子·小鸟

敛翅落窗台,滴溜双眸转。盆钵之间跳未停,叶蕊皆搜遍。啄食小昆虫,更叫花儿绚。感谢飞禽亦有心,相助还相伴。

2022. 11. 16

# 词

## 柳梢青·怀内子

春雨霏霏，平畴尽绿，麦穗抽齐。布谷催耕，青牛负轭，又动银犁。　　谋生奔走东西，种田事、全都靠伊。农具犹存，斯人已殁，触景伤悲。

2022. 11. 19

## 卜算子·野菊花

野菊一丛丛，生在荒凉地。点点星星独自开，风拂飘香气。　　花谱未题名，当属无名辈。我却偏偏爱是花，携酒花间醉。

2022. 11. 19

## 卜算子·湖上吟

漫步北湖边，小坐沙滩石。南国初冬蝶尚飞，温暖如春日。　　一阵小风吹，万点芦花白。美景良辰醉了人，俯首新诗拾。

2022. 11. 21

## 卜算子·咏刘华"天香苑"冬牡丹（三首）

### 一

冬月牡丹开，可谓稀奇事。朵朵芳花艳艳红，笑在寒风里。　　青帝最通情，有感刘郎意。故遣佳人早上场，一展风光媚。

### 二

雁足带霜来，何处春光有？可到芳园看牡丹，请往山边走。　　一笑展风情，应比杨妃秀。围绕花丛转几圈，如饮千盅酒。

## 三

冬季牡丹花，笑露春风面。朵朵鲜红格外娇，扮靓天香苑。游客见奇葩，个个皆惊叹。堪羡刘郎九畹耕，播誉何其远。

2022. 11. 26

## 卜算子·赏风铃花有咏

时令届初冬，叶片依然绿。千盏红灯挂起来，引得行人瞩。可是庆丰收，抑或迁新屋？喜事多多好运交，老叟衷心祝。

2022. 11. 26

## 卜算子·病中吟

片片雪花飘，阵阵寒风刮。凝望窗前笔架山，不觉心头悦。松柏愈青葱，翠竹呈高节。尽管人生患难多，依旧歌声发。

2022. 12. 15

## 卜算子·致谢诗友

身体偶违和，诗友皆牵挂。接二连三电话来，难表衷心谢。更是冒霜风，慰问临寒舍。尽管黄金价值高，未若情无价。

2022. 12. 15

## 卜算子·怀旧

一事竟无成，须发皆花白。怀念吾人少小时，日走长江侧。水上白鸥飞，来往多船只。岁月如同远去帆，杳杳无踪迹。

2022. 12. 28

## 卜算子·岁末感怀

送走小于菟，迎接乖乖兔。回首征程感慨多，曾历风和雨。　愈挫愈坚强，哪管年华暮？一路歌吟逐梦行，依旧闻鸡舞。

2023．1．3

## 卜算子·怀旧

转眼是新春，人老常怀旧。腊月蒸糕做米糖，忙到三更后。　龙舞闹新正，戏演家门口。请看如今过大年，年味哪儿有！

2023．1．11

## 水调歌头·年关怀旧

岁月似流水，转眼即新年。抬头遥望乡梓，不觉忆从前。腊八熬锅好粥，十八灰尘掸扫，送灶祷平安。除夕吃年饭，炮仗直冲天。　正月里，互请客，笑声喧。元宵灯舞，双龙腾跃夺金丸。更演黄梅戏剧，观众人山人海，皆赞草台班。往事频回首，白发已皤然。

2023．1．11

## 卜算子·小年赏雪

瑞雪漫天飘，癸卯新年近。万树梨花一夜开，已透春之信。　纵览好风光，何必愁霜鬓？且待江河梦醒时，去看桃花汛。

2023．1．15

## 霜天晓角·散步

朝朝散步，不论寒和暑。常去北湖边上，观水面、飞鸥鹭。一心寻乐趣，便能消百虑。须识养生之道，好留得、童颜驻。

2023．1．26

## 清平乐·纪梦

和衣小睡，梦入深山里。但见一家庭院内，满树桃花娇媚。堪称好客人家，邀吾共酌流霞。忘却红尘烦恼，醒来雀叫喳喳。

2023．1．30

## 清平乐·漫咏

功名利禄，一枕黄粱熟。衣食无忧应满足，计较什么荣辱！听听竹韵松涛，翻翻几册风骚。望望云舒云卷，可称自在逍遥。

2023．2．1

## 清平乐·寻春

寒风凛冽，临近元宵节。寻找春天情切切，背起行囊出发。路边衰草丛丛，田园未见花红。走走停停忽悟，春天就在心中。

2023．2．1

## 卜算子·湖边

桃李未开花，燕子无踪影。衰草枯蓬瑟瑟风，天气非常冷。湖畔独徘徊，欲咏无诗兴。忽见垂杨吐嫩芽，惊喜春姑醒。

2023．2．8

# 词

## 卜算子·乡野红梅

不愿傍瑶台，却爱农家院。遥隔红尘一境幽，翁媪皆和善。　　虬干瘦棱棱，标格人人赞。何惧冰霜雨雪侵，笑展春风面。

2023. 2. 11

## 沁园春·赞犁桥村

田地膏腴，港汊纵横，碧水小桥。看路衢清洁，成排树绿；民房宽敞，满院花娇。一境宜人，九州驰誉，游客欢声笑语飘。观斯景，纵丹青妙手，亦觉难描。

从来创业辛劳，但大展宏图倍自豪。赞层楼更上，齐心合力；梧桐植下，引凤还巢。古建传承，老街营造，宝塔凌云成地标。追佳梦，欲扬帆万里，好趁春潮。

2023. 2. 15

## 卜算子·反腐倡廉

蚁穴溃长堤，教训多深刻。反腐仍需紧紧抓，做事应清白。　　打虎拍苍蝇，确是英明策。永葆江山万代红，跳出周期律。

2023. 2. 23

## 长相思·江滨行

鹳水清，池水清，倒映蓝天镜面平，长堤花草馨。　　小鸟鸣，午鸡鸣，一路春光一路行，谁人不动情！

2023. 2. 26

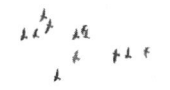

## 长相思·重访江滨村

柳芽黄，菜花黄，碧浪粼粼闪日光，乘船过夹江。　　野荠香，茵笋香，鸡唱声中酌酒浆，一怀思绪长。

2023．2．26

## 长相思·江滨怀亡妻

麦盈畴，菜盈畴，江水清清绕绿洲，树林遮小楼。　　昔同游，今独游，春草春花牵动愁，潸然涕泪流。

2023．2．26

## 长相思·放风筝

春草青，杨柳青，叽叽喳喳小鸟鸣，云开天气晴。　　扎风筝，放风筝，闲看儿童奔不停，心中百感生。

2023．3．3

## 长相思·湖边悼内子

草色新，柳色新，风景如同鹊水滨，心牵江上村。　　念伊人，梦伊人，厮守茅庐几十春，湖边拭泪痕。

2023．3．7

## 长相思·玉兰

白玉兰，红玉兰，不畏初春料峭寒，芳花开得欢。　　朝也观，暮也观，散尽忧愁露笑颜，梦中还挂牵。

2023．3．7

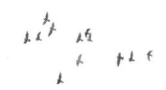

## 水调歌头·访铜陵有色公司金冠铜业

绿树四周绕，工厂像花园。慕名铜业翘楚，春日访金冠。蓝领车间操作，工艺流程数控，高效又安全。"双闪"冶金术，科技上尖端。

熔碧矿，腾烈焰，袅轻烟。火龙游动，惊叹光彩比霞妍。产量年年增长，捷报频频传送，一路破难关。赤帜高高举，逐梦敢争先。

2023．3．17

## 浣溪沙·春访文兴村

美丽乡村幸福家，房前屋后是鲜花。清风吹拂柳丝斜。　　田媪下厨炊午饭，村姑好客奉春茶。厅堂把酒话桑麻。

2023．3．26

## 忆秦娥·桃花节

春三月，周潭举办桃花节。桃花节，歌声回荡，暖风吹拂。　　花红宛若村姑颊，传奇故事年年说。年年说，几多惆怅，几多欢悦。

2023．3．31

## 清平乐·晚望

湖边晚望，谁在收渔网？一棹回航宁静港，登岸边行边唱。　　斜阳辉映山巅，飞禽投宿林间。仿佛天公有意，红云缀上青鬟。

2023．4．2

## 浣溪沙·湖畔

无限风光有限身，闲云野鹤自由人。朝朝爱走北湖滨。　　老柳吹绵千点雪，小荷出水一池春。凭栏俯首看游鳞。

2023．4．14

## 鹧鸪天·五月乡村

又到汀洲云水乡，吾心沉醉好风光。红花灼灼端阳锦，碧水粼粼荷叶塘。　　才割麦，又栽秧。一年双抢最繁忙。众人皆赞农机手，奏响田园新乐章。

2023．5．16

## 卜算子·散步

淡淡白云天，曲曲湖边路。何处蛙鸣一两声？岛上飞孤鹜。　　信步又闲游，山水寻清趣。忽见翩翩彩蝶来，可是催诗句？

2023．6．3

## 卜算子·茉莉花开

有客远方来，行动何飘忽。围绕芳丛上下飞，一只花蝴蝶。　　久久未离开，遍吻星星雪。凝望窗台蝶恋花，顿觉心头悦。

2023．7．8

## 卜算子·访铜陵市郊区花园中学

学校即花园，的确非虚誉。兰蕙芬芳九畹滋，桃李辛勤树。　　琅琅读书声，回荡瑶湖浦。学子皆怀报国情，日日闻鸡舞。

2023．9．14

# 词

## 卜算子·欢聚

　　淡淡桂花香，细细黄昏雨。一伞斜遮迈步行，穿过横塘浦。　　诗友盛情邀，设宴重相聚。笑饮琼浆话未来，半醉方归去。

2023．9．22

## 长相思·林国丽、林茜、王宏书三人同窗，亲如姊妹，为之赋

　　河水边，江水边，芳草如茵花欲燃，相邀乐往还。　　九华山，五松山。数载同窗早结缘，一生情义牵。

2023．10．6

## 长相思·乡愁

　　红蓼花，白芦花。一叶小舟谁在划，航程去紫沙？　　立河涯，望江涯。无奈乡关云雾遮，几行雁影斜。

2023．10．10

## 鹧鸪天·犁桥水镇

　　势欲凌云一塔高，粉墙黛瓦石头桥。游人络绎渠边过，碧水参差花影摇。　　吴语软，女娃娇。长街几处杏旗飘。令人神往江南夜，月照楼台吹玉箫。

2023．10．23

## 卜算子·初雪

　　清晓打开窗，房顶铅华抹。昨日深宵格外寒，却是天飞雪。　　初霁冻云凝，湖水冰凌结。一树梅花静静开，香气幽幽发。

2023．12．16

## 卜算子·冒雪投寄诗稿

白日爱闲游，夜晚裁诗句。歌咏凌波菡萏花，礼赞参天树。　　大雪漫天飞，邮局依然去。阵阵寒风扑面来，难阻前行步。

2023. 12. 18

## 满江红·纪念毛主席一百三十周年诞辰

日出韶山，光芒耀、环球照彻。挥巨手、运筹帷幄，大军齐发。战火纷飞冲敌阵，沙场驰骋弯弓月。驱日寇、打倒蒋王朝，连连捷。

新政出，黎庶悦。华夏盛，东方屹。为民谋幸福，满门忠烈。扭转乾坤功绩伟，包容四海心胸阔。举红旗、逐梦再长征，关山越。

2024. 1. 2

## 卜算子·订购包子忘记取

伏案试填词，反复推敲字。长调刚刚写作完，想起拿包子。　　薄暮雨潇潇，打伞奔街市。急急提回小点心，自笑多忘事。

2024. 1. 2

## 卜算子·思念故乡

腊八粥飘香，转眼新春到。一缕乡愁暗暗生，怀念姚家套。　　堤外鹊江流，杨柳村庄绕。旧屋年年紫燕归，游子他乡老。

2024. 1. 18

# 词

## 清平乐·晚年

衰翁一个,日子平常过。几本旧书翻阅破,家务天天要做。　餐餐自下厨房,烧烧煮煮真忙。有空湖边走走,沿途看看风光。

2024．1．25

## 清平乐·湖边望月

无风无浪,仰首星空望。缺了又圆唯月亮,岁岁仍无恙。　少时月下划船,中年带月耕田。堪叹如今老矣,观君更忆从前。

2024．1．27

## 浣溪沙·遣怀

长忆当年耕垄亩,乔迁城市恋茅庐。遣怀唯有读闲书。　识破世情休说破,为人难得是糊涂。不糊涂点又何如?

2024．1．29

## 减字木兰花·岁末

风寒雨细,朵朵梅花皆滴泪。伫立湖滩,岁暮频频忆故园。　三间老屋,一瓦一砖挥汗筑。思念乡亲,何日重回柳岸村?

2024．2．4

## 清平乐·外甥陈应飞设宴,席上口占

农耕文化,渔网船头挂。犁耙风车皆摆下,把酒围炉闲话。　小孩活泼聪明,老人神态和平。春雨窗前飘落,龙年五谷丰登。

2024．2．5

## 清平乐·正月走亲戚

天空晴朗，鸥鸟飞江上。但见船头冲碧浪，汽笛声声回荡。　　新正又访江滨，午餐有酒盈樽。现炒一盘春韭，不禁喝得醺醺。

2024. 2. 17

## 卜算子·正月

正月雨天多，鸠鹈声啼彻。滚滚寒流一袭来，连日还飘雪。　　几次试登山，无奈春泥滑。欲到江河去弄潮，何处寻舟楫？

2024. 2. 28

## 行香子·黄昏

透过窗纱，目送余霞。面清癯、老了年华。平庸度日，的确堪嗟。耗半包烟，三餐饭，一壶茶。　　离开故土，城里居家。忆当年、汗洒桑麻。几间茅屋，犹在江涯。梦门前柳，园中菜，陌头花。

2024. 3. 3

## 卜算子·无名花

黄鸟不曾啼，红杏犹偷懒。小小蓝花独自开，展露春风面。　　片片织烟霞，点缀江河岸。尽管芳丛未列名，我却深深赞。

2024. 3. 7

## 卜算子·渡口吟

片片菜花黄，树树樱花白。小雨霏霏贵似油，绿透平畴麦。　　又去紫沙洲，相伴吟诗客。眼望轻鸥掠浪飞，也想摇舟楫。

2024. 3. 24

# 词

## 清平乐·墨兰

清幽如许,朝夕皆呵护。花似蜻蜓张翅舞,唯恐翩然飞去。墨香还是兰香?丝丝沁入心房。但恨才情不足,难书锦绣篇章。

2024. 3. 29

## 卜算子·暮春

红艳石榴花,碧绿菖蒲草。荷叶亭亭出水高,可惜莺声老。湖畔独徘徊,远处云烟绕。细雨霏霏下不停,愁绪何时了?

2024. 5. 4

## 卜算子·夜来香

朵朵夜来香,开在湖滩上。芳草如毡地面铺,雾做轻纱帐。仿佛杏花红,好个娇模样。难怪当年邓丽君,一曲深情唱。

2024. 5. 5

## 卜算子·汪世本送土产

乡野老汪来,馈送鲜苞谷。煮食甜甜糯糯香,粒粒如琼玉。尘世遇良朋,可谓人生福。行事依然带古风,田叟真纯朴。

2024. 6. 21

## 卜算子·黄梅时节

远近鹧鸪啼,片片云含雨。一缕乡愁暗暗生,思念清江浦。小院草离离,老屋无干处。墙壁斑斑长绿苔,旧业谁人护?

2024. 6. 24

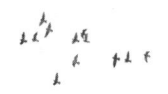

## 踏莎行·湖边所见

芳草萋萋，长堤曲曲。湖中莲叶参差绿。一群鸥鸟见人来，惊飞落向林丘麓。　　秀发蓬松，罗衣芬馥。姑娘窈窕清如玉。秋风初起送微凉，心中忽忆东篱菊。

2024．8．17

## 水调歌头·怀旧

鹄水绕芳渚，绿树掩村庄。夏天欢喜游泳，哪管浪头狂？急坏吾家慈母，岸上连连呼喊，还把手巾扬。年少颇淘气，一味只贪凉。　　遇良夜，邀伙伴，驾吴艭。月明风小，划桨惊得鸟飞翔。说说瓜棚趣事，唱唱民间戏曲，久久始回航。弹指人生老，世事感沧桑。

2024．8．18

## 水调歌头·述怀

为国建功业，惭愧我无能。出身蓬荜门户，只是一村氓。汗洒江洲田地，每每披星戴月，辛苦事农耕。老小欲温饱，但盼好收成。　　伏书案，熬深夜，就油灯。醉心典籍，吟骚观史读《诗经》。更慕英雄儿女，塞上挥戈跃马，热血为之腾。往事回眸日，百感顿时生。

2024．8．22